Perdido na Amazônia 1

DAN CONTRA A TERRÍVEL DOUTORA NOVA

Toni Brandão

Perdido na Amazônia 1
DAN CONTRA A TERRÍVEL DOUTORA NOVA

Ilustrações
Luciano Tasso

São Paulo
2020

global editora

© Antônio de Pádua Brandão, 2016
2ª Edição, SM, 2005
3ª Edição, Global Editora, São Paulo 2020

Jefferson L. Alves – diretor editorial
Dulce S. Seabra – gerente editorial
Solange Eschipio – gerente de produção
Juliana Campoi – assistente editorial e revisão
Luciano Tasso – ilustrações
Ana Claudia Limoli – projeto gráfico

Obra atualizada conforme o
NOVO ACORDO ORTOGRÁFICO DA LÍNGUA PORTUGUESA

Dados Internacionais de Catalogação na Publicação (CIP)
(Câmara Brasileira do Livro, SP, Brasil)

Brandão, Toni
　　Perdido na Amazônia 1 : Dan contra a terrível Doutora Nova / Toni Brandão ; ilustrações Luciano Tasso. – 3. ed. – São Paulo : Global Editora, 2020.

ISBN 978-85-260-2521-9

1. Literatura infantojuvenil I. Tasso, Luciano. II. Título.

20-34682　　　　　　　　　　　　　　　　　　CDD-028.5

Índices para catálogo sistemático:
1. Literatura infantojuvenil　　028.5
2. Literatura juvenil　　　　　　028.5

Cibele Maria Dias - Bibliotecária - CRB-8/9427

global editora

Direitos Reservados

global editora e distribuidora ltda.
Rua Pirapitingui, 111 – Liberdade
CEP 01508-020 – São Paulo – SP
Tel.: (11) 3277-7999
e-mail: global@globaleditora.com.br
www.globaleditora.com.br

Colabore com a produção científica e cultural.
Proibida a reprodução total ou parcial desta obra
sem a autorização do editor.

Nº de Catálogo: **3921**

Para o Tom Jobim

SUMÁRIO

Parabéns para o Dan! 8
Turbulência, muita turbulência 16
Um cara feio, sujo e malvado 28
Cercado de macacos por todos os lados 40
A casa camuflada 48
Cara a cara com uma onça-pintada 56
Pior do que uma onça 62
Dormindo com inimigos 70
Aranhas venenosas e fotos perigosas 80
Os urubus 92
Nas garras da Doutora Nova 104
Os estranhos índios 118
Preso na tribo 130
O ritual da onça-pintada 144
O fantástico Professor Velho 156

PARABÉNS PARA O DAN!

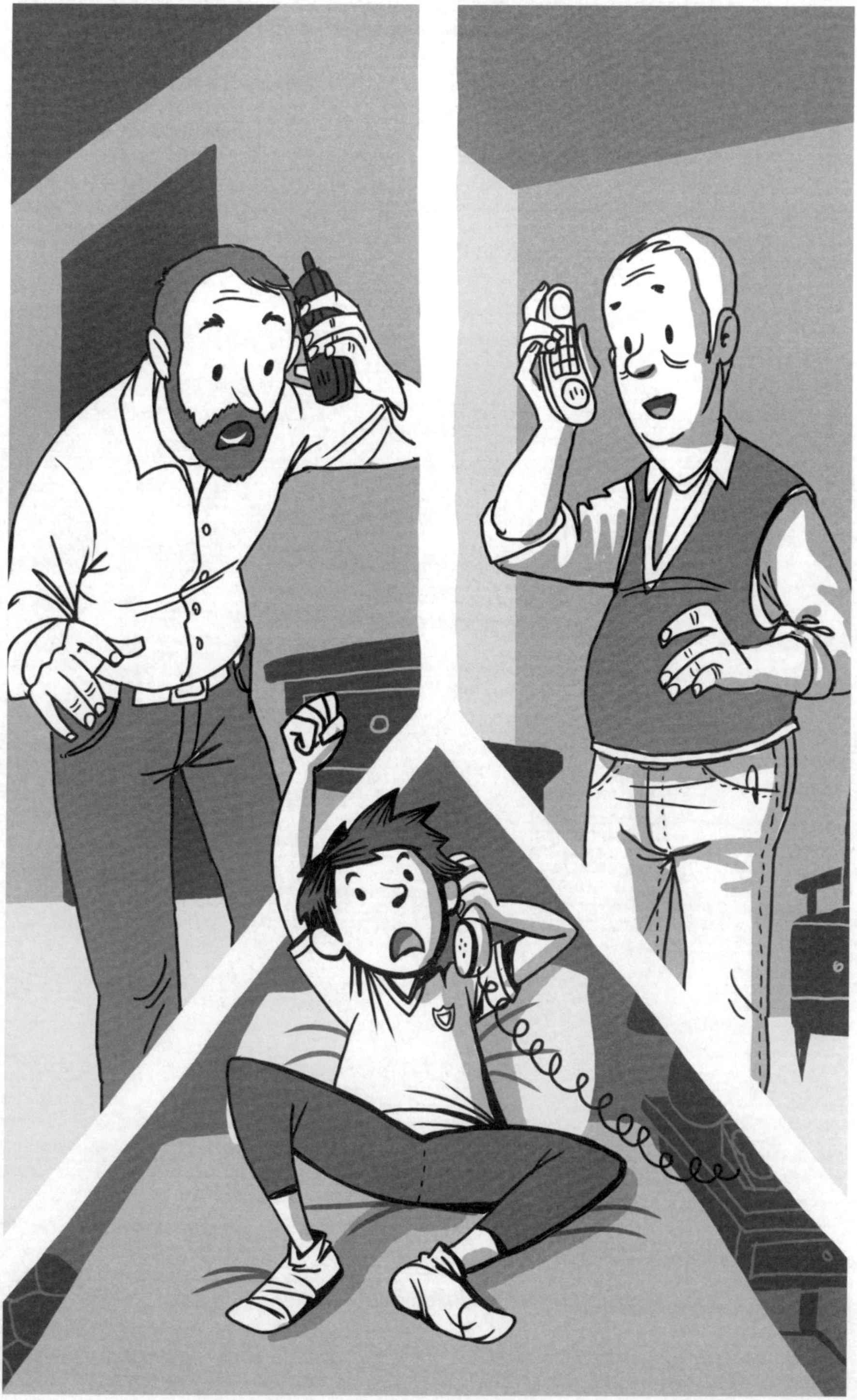

Tocou o telefone lá em casa. Meu pai atendeu na sala. Levei o maior susto! O telefone fixo só toca quando é encrenca.

– Alô.

Era encrenca: meu avô, pai do meu pai, do outro lado da linha, que fez voz de quem não gostou da surpresa.

– *Eu liguei pra dar parabéns ao Dan.*

Meu pai solta um ar meio resmungado e responde, com voz de quem também achou a surpresa desagradável.

– Podia ter ligado direto no celular dele. Espera um momento que eu vou chamar.

Eu, que estava na extensão do meu quarto, entro na briga, quero dizer, na conversa.

– Não precisa, pai. Eu já estou na linha.

– *Então fala com o seu avô.*

Quando meu pai está quase desligando, eu digo...

– Pai, será que nem hoje, que é meu aniversário, dá pra vocês dois deixarem de ser crianças?

Meu pai...

– *Dan, você sabe muito bem o que eu penso sobre isso.*

E o meu avô...
– *Quem está sendo criança é você, Dan. Não adianta querer forçar duas pessoas a se falar, se elas nem ao menos se entendem. Falar o quê?*
Meu pai...
– *É isso mesmo, meu filho. Você tem que respeitar nossas diferenças. Converse com o seu avô.*
Barulho do meu pai desligando o telefone. E o meu barulho, soltando um palavrão. Meu avô...
– O que é isso, menino?
– Tomara que um dia dê pra eu entender essa briga. Os dois caras de que eu mais gosto no mundo, tão inteligentes, ficam com essa burrice de não se falarem.
– Veja como fala, Dan. Não é porque está fazendo aniversário que você vai nos faltar com o respeito. Mas não foi por isso que eu liguei para você.
– Ah, é...
– Eu queria desejar a você toda a felicidade do mundo e...
– Obrigado, vô.
– Não me interrompa.
– Desculpe, pode continuar.
– ... e também gostaria de dizer que eu admiro você cada vez mais e que você é o meu neto mais precioso.
Eu percebo que o meu avô está começando a tirar um pouco de sarro de mim.
– Óbvio, eu sou o único.
Do outro lado, o meu avô dá uma risadinha. Eu aproveito o clima.

– E do presente, que é bom, ninguém vai falar, não?
– Como você está ficando interesseiro, garoto! Nisso, pelo menos, você puxou a mim, não é igual ao seu pai, que só pensa em cultura e...
Eu me aborreço.
– Pronto! Já vai começar. Deixa meu pai de lado e vamos ao presente. Vai ser o que a gente tinha combinado?
– *Calma, Dan. Essa era a minha próxima fala.*
– Então fala.
– *Eu resolvi mudar a nossa viagem.*
– Opa!
Meu "Opa!" foi quase um breque, de quem não gostou muito, sabe?
– Vai me dizer que a gente vai de novo para aqueles parquinhos temáticos sem graça nenhuma...? Ah, não, vô! Você disse que ia me levar pra África e...
– *Dan, para um minuto.*
Eu paro. Meu avô continua.
– *Se você disser mais uma palavra eu desligo o telefone agora e acabou o presente.*
– Nós não tínhamos combinado de ir pra África, andar de balão, conhecer os bichos...
– *Tínhamos. Mas antes da África eu quero apresentar a você outro lugar.*
– Qual?
– *A floresta amazônica. A maior floresta tropical que resta no mundo. E que fica aqui mesmo, no Brasil. Não precisa nem levar seu passaporte.*

Em menos de um minuto, como se fosse um videoclipe, passam pela minha cabeça as capas dos meus livros de história, geografia, ciências e biologia. Em todos eles se fala um pouco da Amazônia.

A ideia de ir pra um lugar que eu vou ter que estudar na escola não me pareceu férias. Tinha mais cara de lição de casa. Eu, um pouco desanimado...

– É legal lá, vô?

– *É um exagero de legal. Nós vamos para o Jungle Dream Hotel. Fica na beira de um rio e tem uma programação muito movimentada: vamos conhecer onças, jacarés, passear de barco, assistir a cerimônias indígenas, isso só pra começar.*

Eu ainda não tinha me animado muito. Meu avô percebeu e continuou...

– *Eu posso mandar para você o* link *do hotel, pra você dar uma espiada e ir se animando.*

– Vô, por que você não almoça comigo domingo e nós vemos o *link* juntos?

Meu avô fica um pouco sem graça.

– *Porque eu já estou em Manaus.*

– Capital do Amazonas?

– *É. Tenho algumas reuniões de trabalho aqui. E é daqui que nós vamos embarcar para a floresta.*

– Então é por isso a mudança: só pra economizar uma passagem. Está ficando pão-duro, hein?!

– *Não é só isso, não.*

– O que mais?

– *Você não disse que queria entender essa minha briga com o seu pai? Aqui é um bom lugar pra eu tentar explicar.*

Comecei a ficar mais interessado. Ainda mais quando percebi que, de São Paulo para Manaus, eu ia viajar sozinho. Oba! Mas fiz um pouco de charme.

– Tá bom. Vamos ver como é essa tal Amazônia.

– *Então eu posso falar com sua mãe, pra ela e seu pai prepararem tudo?*

– Tudo o quê?

– *Roupas adequadas, vacina contra febre amarela, vitamina que você deve tomar alguns dias antes pra fortalecer suas defesas e outras coisas.*

– Pode. Vô, preciso levar coisas de primeiros socorros, lanternas?

– *Não, Dan. É na floresta amazônica, mas o hotel é cinco estrelas. Traz só suas coisas de sempre.*

– Tá bom.

– *Espero você aqui na segunda.*

– Até segunda. Um beijo.

– *Outro beijo, e se cuida.*

– Você também, vô.

TURBULÊNCIA, MUITA TURBULÊNCIA

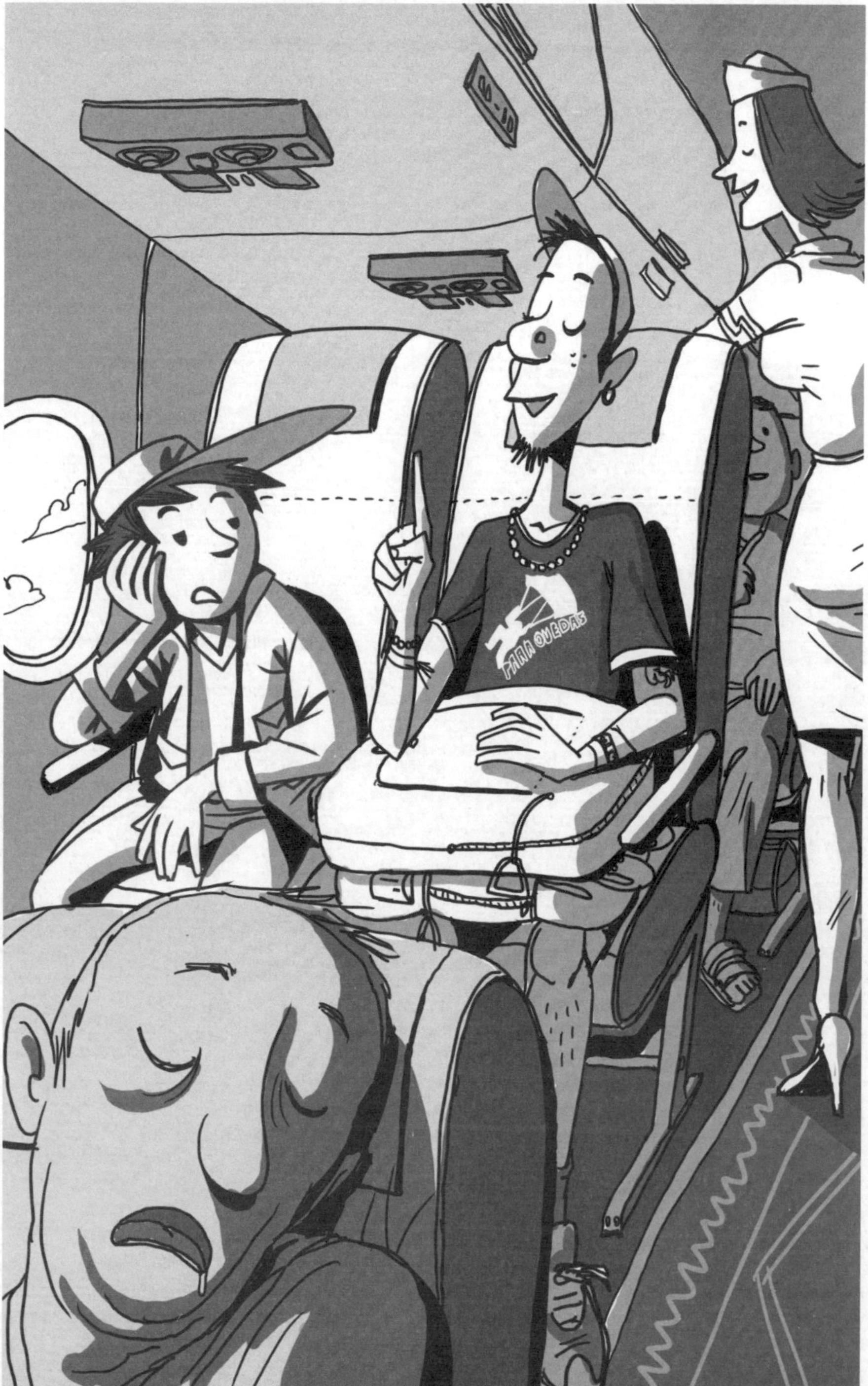
PARA QUEDAS

Viajar sozinho de avião é muito legal. Meus pais só precisaram ir ao Juizado de Menores e assinar uma autorização, e eu pude embarcar de São Paulo para Manaus, sem nenhum problema.

Quando um garoto da minha idade está sozinho em um avião, é a maior farra: só de olhar, todo mundo percebe que a gente já sabe se cuidar numa viagem. Mas, ao mesmo tempo, fica aquele clima de que, se a gente precisar ser um pouco mimado, é só chamar uma das aeromoças ou alguém com cara de mãe que esteja viajando com os filhos.

Pra quem não sabe: aeromoça é como se chamava antigamente as mulheres que trabalham no avião e hoje são conhecidas como "comissárias de bordo". Eu ainda falo aeromoça por causa dos meus pais. Quando eles se conheceram, minha mãe era aeromoça e o meu pai, até hoje, faz umas brincadeiras com isso.

Continuando: entrei no avião com a minha mochila presa no corpo. Só que pra frente, como uma barriga de canguru. Eu gosto de usar assim.

– Fileira 6. Poltrona A. Janela.

Foi o que disse a aeromoça, dando um tapinha na aba do meu boné e apontando a sexta fileira do avião. Ela perguntou se eu era fã de rock. Eu estava com um boné cheio de guitarras desenhadas.

– Mais ou menos. Gosto mais de música pop... que também usa guitarras.

– Eu também prefiro música pop.

– É?

A aeromoça olhou pra mim, com um pouco mais de atenção, e mandou essa...

– ... e para onde está indo esse garoto pop, tão cabeludo e solitário?

Um garoto sempre percebe quando uma garota está puxando conversa. Mesmo que ele tenha menos da metade da idade dela... e que ela seja uma aeromoça. E aquela era demais: uma aerogata! Claro que eu respondi...

– Pra um hotel superperigoso, no meio da floresta amazônica.

Ela sorriu.

– Que bacana! Cuidado com as gatas da floresta, hein?!

Aí ela fez uma coisa muito legal, dobrou um pouco os dedos das duas mãos, como se fossem patas e ela estivesse colocando as garras de fora. E também abriu um pouco a boca, fazendo uma careta de feroz e deixando sair da garganta aquele barulho que os felinos fazem pra assustar. Por um segundo, a aerogata virou uma aero- -onça. E que onça!

Mas não dava pra gente continuar aquela conversa, infelizmente. Tinha um monte de gente atrás de mim, querendo se sentar. E, também, ela não ia me dar bola mesmo.

Lá fui eu, pra sexta fileira. Já tinha um cara de uns 20 e poucos anos sentado na poltrona do corredor. Ele tinha colocado três mochilas na poltrona do meio e quase não deu pra eu passar. Eu me atrapalhei e pisei no pé dele.

– Desculpa aí, cara.

Ele deu uma risadinha meio falsa e eu espiei os pés dele. Belo tênis. De cano alto, iguaizinhos aos meus. Daqueles que não deixam entrar água nem frio. Além do tênis de cano alto e do boné, eu estava de calça *jeans* e com uma camiseta amarela e verde, uma das trocentas que eu ganhei durante a última Copa.

Mesmo sendo verão, meu pai falou (além das outras 7.893 coisas que ele e minha mãe me disseram antes de eu embarcar) pra eu levar minha jaqueta *jeans*, pra me proteger dos borrachudos.

Minha mãe falou pra eu vestir a jaqueta antes de desembarcar em Manaus, que lá talvez tivesse muitos borrachudos. Pensei que borrachudo aparecesse só na praia. Mas, como eu sou meio alérgico a picadas, tinha prometido pra minha mãe vestir a jaqueta, mesmo que estivesse calor, e devia estar.

De cara, eu saquei que o meu vizinho de poltrona era paraquedista. Não é bem que eu saquei. Estava escrito na camiseta dele "Associação Não Sei o Quê de Paraquedismo".

Aí, eu coloquei o celular no modo avião (como a aerogata já tinha pedido!) e peguei na mochila um dos trocentos HQs que eu estava levando pra Amazônia.

Mas quem disse que eu consegui "começar" a ler?! O meu vizinho paraquedista começou a falar. Falar. Falar. Falou pelos cotovelos, pelos joelhos, pelas canelas e por todas as outras articulações do corpo. Em menos de um minuto e meio eu já sabia tudo sobre a vida do cara. Quantos prêmios ele já tinha ganhado. Quantas garotas ele já tinha namorado, se bem que nisso eu acho que ele deve ter mentido um pouco. E tudo o que era preciso para ser um ótimo paraquedista, como ele dizia o tempo todo que era.

E pensar que eu ia ter que aguentar aquele papagaio falando no meu ouvido durante as três horas e cinquenta e cinco minutos de voo!

A aerogata fez aqueles gestos meio engraçados para mostrar onde ficavam as saídas de emergência, o que fazer com as máscaras que aparecem em caso de faltar ar no avião e tudo o mais. E o meu vizinho aerochato não parava quieto um segundo...

– Tá vendo esta mochila?

Ele nem esperou eu responder que sim.

– É um paraquedas portátil. Sabe como funciona?

É claro que ele também não esperou eu responder "não" e já me mostrou o livro que ele mesmo tinha escrito para um curso de paraquedismo.

Enquanto eu bebia o quinto copo de refri (eu tomo muito refrigerante quando viajo de avião), ia pedindo a

Deus que aquele cara não estivesse indo para o mesmo hotel que eu. E, se não fosse pedir muito, nem pra mesma floresta.

Falando pelos cotovelos, o cara ia me mostrando os desenhos do livro. Muito malfeitos, mostravam que a pessoa que vai saltar de paraquedas tem que olhar para cima, saltar com os braços e pernas abertos e, logo depois que pular, tem que puxar a cordinha com um gancho metálico que fica perto do peito, com os cintos que prendem o paraquedas ao corpo.

Aí, o cara começou a cantar um *rap* com uma letra meio estranha.

– *Olha a bananinha. Pega a bananinha. Pega o punho. Puxa e puxa.*

Além de paraquedista, o cara também era metido a *rapper*! Eu curto *rap*, mas aquele... Tentei mostrar pro cara que aquela conversa não estava me interessando e muito menos me agradando.

– Que letra esquisita.

– É uma musiquinha que nós ensinamos aos alunos, quando eles vão saltar.

Eu ia apertar a campainha pra chamar a aerogata, mas nem foi preciso. Ela já veio com o sexto copo de refrigerante. Eu criei coragem e...

– Obrigado... aerogata!

Eu ia dizer aero-onça, mas achei melhor não pegar muito pesado. Ela gostou, piscou e me respondeu...

– Por nada... aerogato.

Deu outro tapinha no meu boné e foi levar o outro copo que estava na bandeja pra um outro cara mais ou menos da minha idade que, parecia, também estava viajando sozinho. Fiquei com um pouco de ciúme, mas logo passou.
Espiei pela janela. Nós já estávamos sobrevoando a floresta. O avião ia alto e só dava pra ver um tapete verde muito grande. Parecia não ter fim. Deu até um friozinho na barriga.
Poxa! Eu ia conhecer a maior floresta tropical do mundo. Onde mora o maior número de espécies vivas do planeta. Onde está o maior rio da história.
Devia ser demais esse lugar! "Animal" mesmo, como estava escrito no *site* do hotel, que eu visitei assim que meu avô me mandou o *link*.

Mas logo o friozinho na barriga foi se tornando uma espécie de congelamento. O avião começou a ter uns problemas. Deu um bipe e acendeu o sinal luminoso pedindo pra todo mundo apertar os cintos. O meu já estava apertado. Ainda bem, porque o avião fez um movimento muito doido. Eu já estava acostumado a balançar um pouco quando o avião pega turbulência. Agora, ele desviar para o lado, eu nunca tinha visto acontecer. O avião desviou pro lado e deu uma afundada, como se fosse cair. Um monte de gente começou a falar alto e a fazer barulho, principalmente as mulheres.

O aerochato ao meu lado deu uma gargalhada de quem gosta de sofrer e começou a falar bem alto, pra todo mundo ouvir...

– Acho que nós vamos cair na floresta.

Nessa hora eu perdi a paciência com ele.
— Para, cara... vai assustar as pessoas.
Mas já estava todo mundo assustado, inclusive eu. E ninguém ouviu ele falar. Estava um bochicho meio alto. E o avião deu outra desviada para o lado direito. E mais uma afundada. Aí, eu ouvi a voz do piloto, pelo rádio...
— *Senhoras e senhores, aqui é o comandante Maxwell. Estamos atravessando uma grande turbulência e peço a todos que mantenham a calma e os cintos apertados. Obrigado.*
A última hora de voo foi naquele clima. E no meio da maior turbulência. Parecia que a gente estava andando de carro a toda velocidade numa estrada cheia de buracos e pedregulhos.
Logo eu me acostumei com a turbulência e não fiquei mais tão assustado. Foi até um pouco bom, porque o matraca do meu vizinho ficou de bico calado. O que não estava nada bom era a minha vontade de fazer xixi. E que vontade! Depois de quase dois litros de refrigerante, minha bexiga parecia que ia estourar. E eu não podia levantar para ir ao banheiro. Naquela hora eu pensei que a minha viagem de férias estava começando a ficar com cara de pesadelo. Eu ainda não tinha visto nada!
Bom, pra encurtar essa parte, quando o avião pousou, um monte de gente disse...
— Graças a Deus!
Eu também, e corri pro banheiro. Outro problema: com a turbulência todas as portas dos banheiros tinham ficado travadas e não dava pra abrir. Mais essa!

Assim que o piloto abriu a porta de saída do avião, guardei o celular no bolso, vesti minha jaqueta, peguei a mochila em cima do banco e disparei para dentro do aeroporto, sem nem dizer um tchau para a aerogata! É que eu precisava de um banheiro, antes que fosse tarde demais.

Quando coloquei os pés pra fora do avião, senti o ar muito quente. Estava um calor meio abafado. Entrei correndo no aeroporto, naquela parte onde ficam girando as esteiras com as malas.

Que confusão! Deviam estar chegando uns dez aviões. Procurei um banheiro. Não tinha. Só lá fora. Mas e a minha mala? Depois eu voltava pra pegar. Fui passar correndo pelo segurança que confere a saída de bagagens. Ele me segurou...

– Aonde vai o garoto com tanta pressa?

Então me toquei que tinha que dar uma maneirada na afobação. Eu estava sozinho, numa cidade estranha e não podia fazer nada errado. Eu ouvi alguém chamar...

– Daniel?

Tem um monte de gente que pensa que o meu nome é Daniel. Mas é só Dan. Olhei pelo vidro, naquele lugar onde fica um monte de gente esperando quem chega de viagem.

– Oi.

– Seu avô mandou eu buscar você.

Aí eu me lembrei de responder pro cara do aeroporto que estava na minha frente, esperando uma resposta.

– Eu vou pro Jungle Dream Hotel. Meu avô está me esperando lá. Eu tenho que pegar a minha mala... mas antes preciso fazer xixi. O avião teve problemas e as portas do banheiro...

Eu falava rápido e aflito, e o cara entendeu que eu estava quase fazendo xixi na calça.

– Tá bom.

Ele me deixou passar. Mas o outro cara que tinha me chamado me segurou.

– Espera aí, aonde você vai? Seu avô...

– Eu preciso fazer xixi.

O cara deu uma risada com os dentes um pouco sujos. Não gostei nem um pouco daquela risada. Nem daquela cara, cheia de barba e de quem não gosta muito de tomar banho.

UM CARA FEIO, SUJO E MALVADO

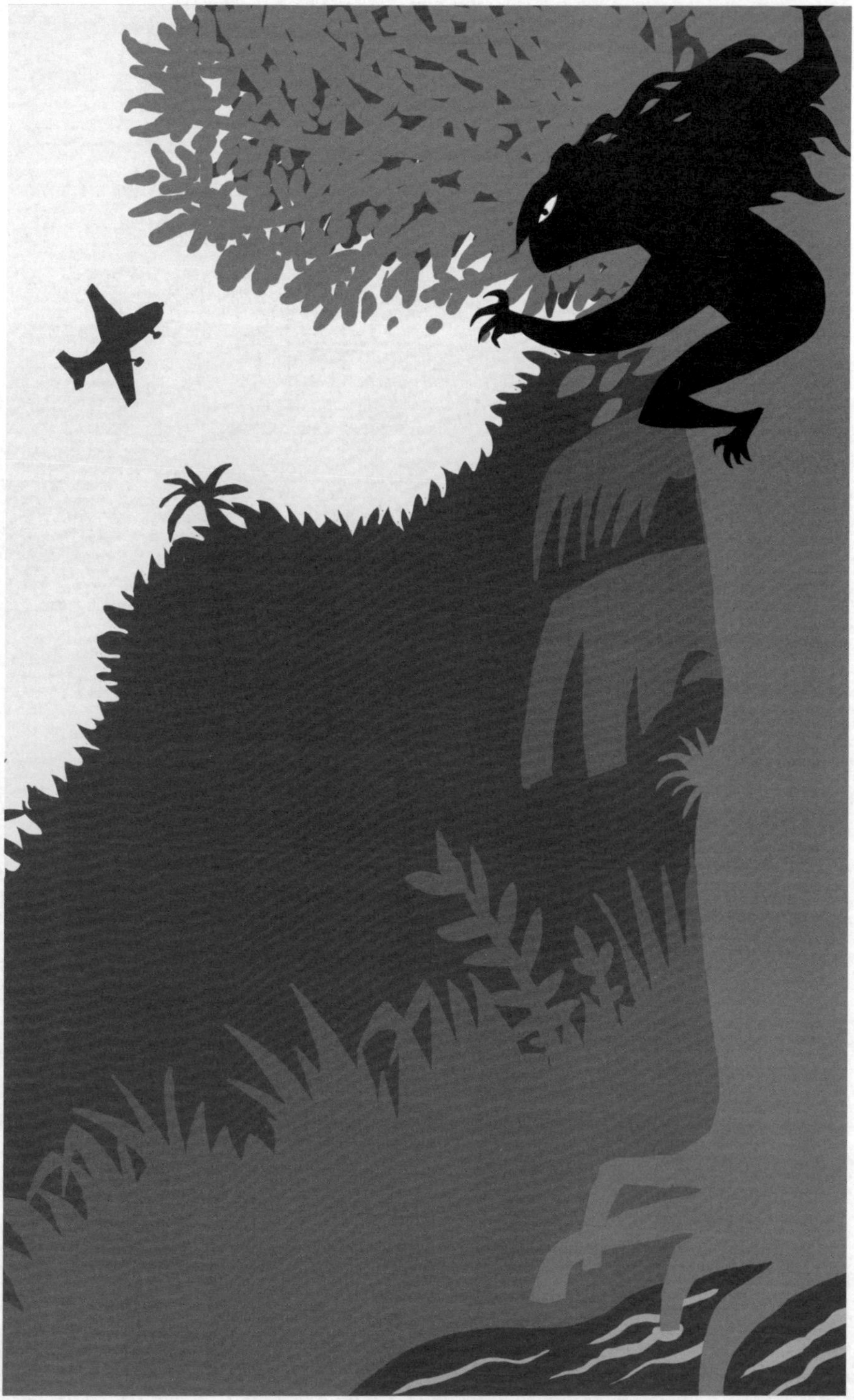

Totalmente vazio de xixi e aliviado, embarquei em um belo avião anfíbio, de seis lugares, que ia me levar até o Jungle Dream Hotel. Eu continuava com a mochila presa no corpo, igual a uma barriga. Sentei ao lado do piloto, apertei o cinto e... mas espera aí: só tinha eu de passageiro? O piloto mal-encarado deu outra risadinha com os dentes sujos e falou...

– Seu avô me contratou pra buscar só você.

Eu disse...

– Ah... Meu avô é meio exagerado mesmo. Por que eu não vou com os outros hóspedes?

O cara não estava muito a fim de papo. Pegou um palito de fósforo riscado no painel de controle e começou a mastigar a ponta. Um palito imundo!

– Você é surdo? Seu avô mandou buscar só você.

Mas eu queria conversar e, já que tinha que aguentar aquele cara pra lá de imundo, ele ia ter que aguentar a minha conversa.

– Que rio é esse?

Nós estávamos sobrevoando um rio bem largo e de água escura. Muito bonito. O cara fez um barulho, cheio de mau hálito, e disse...

– Você deve saber muito bem que é o rio Negro.

O sacana soltou da direção do avião pra coçar os pelos do peito. O anfíbio abaixou um pouco no ar, mas eu não tive o menor medo. Isso não era nada perto do que eu já tinha passado no outro avião.

– Olha aqui, Daniel, você não me conhece ainda, eu não gosto nem do cheiro de criança. E mesmo que gostasse, não estou a fim de papo. Eu falo muito palavrão e pode machucar seus ouvidinhos. Seu avô está me pagando só pra levar você. Pra aguentar conversa fiada, o preço é bem mais caro, falou? Você sabe muito bem que é o rio Negro.

Que cara mal-educado! Logo ele pegou de novo na direção e o avião voltou a voar em linha reta. Tive vontade de dizer pra ele quem era criança. Mas, do jeito que o cara era grosso, ele podia me jogar lá de cima. Melhor deixar quieto.

– Não sei, não, cara.

Olhei pra baixo. No meio daquele rio enorme, um monte de ilhas. Grandes e pequenas. De vários formatos. E não paravam de passar ilhas. Eu quase perguntei pro cara o que era aquilo.

Mas lembrei que, quando vasculhei o *site* do Jungle Dream Hotel no celular, eu tinha fotografado uma página com um mapa e com uma apresentação dos esportes radicais que dava pra praticar lá. Ainda bem que eu gosto de saber onde estou pisando, no caso, por onde estou sobrevoando.

Peguei o celular, abri a foto, achei o rio Negro, ampliei um pouco a imagem e tentei localizar mais ou menos onde a gente estava. No mapa, aparecia um monte de ilhas a certa altura do rio Negro e tinha uma seta indicando "Arquipélago de Mariuá – Onde são pescados os mais belos peixes de aquário do mundo". Me animei.

– Por favor, voa mais baixo pra eu tentar ver os peixes?

Todo mundo viu que eu pedi por favor. Mas o cara não quis nem saber.

– Pensa que você manda alguma coisa aqui, é?

Ele deu uma risada e continuou me provocando.

– Vai querer me ensinar a rota com esse mapinha? Dá aqui, pra *mim* ver se isso presta.

Eu fiz a maior cara – e voz! – de quem estava por cima.

– Pra *eu* ver.

Ele não entendeu.

– O quê?

– Não é *"pra mim ver"* que se diz. É *"pra eu ver"*... ou você é índio?

Eu não precisava ter sido tão irônico quando disse "ou você é índio?", mas o cara estava abusando. Aí, eu me toquei que ele podia mesmo ser índio. Nas ruas de Manaus, enquanto nós saíamos do aeroporto grande para um outro pequeno, onde embarcamos no anfíbio, eu tinha visto várias pessoas com cara de índio. Mas aquele piloto não tinha a menor cara de índio. A pele dele era muito branca. Eu era muito mais moreno do que ele.

— Escuta aqui, pentelhinho: se tem uma coisa de que eu gosto menos do que criancinha é de índios.

Opa! Pelo mapa, o Jungle Dream Hotel não ficava nem perto do rio Negro. Aquilo não estava cheirando muito bem e não era por causa da imundície do piloto. Tinha alguma coisa errada. Mas o quê? O cara cuspiu o palito de fósforo em cima de mim e continuou...

— Vai me dizer que você gosta de índio?

Eu pensei um pouco. Não conhecia nenhum índio, mas não tinha nada contra.

— Gosto.

— Pois não devia.

Não precisei dizer nada. A minha cara já era uma interrogação.

— Se não fosse esse bando de folgados, seu avô teria muito mais fazendas.

Ele devia estar falando da demarcação de terras indígenas. Uma lei que cria áreas onde só os índios podem trabalhar, morar e tudo. Ele estava dizendo que essa lei tinha diminuído as fazendas do meu avô na Amazônia. Eu sabia sobre essa lei, porque era um dos oitocentos assuntos que o meu pai, que também é o meu professor de história, ficou me explicando quando soube que eu ia conhecer a Amazônia.

Mas espera aí: que eu saiba, o meu avô não tem nenhuma fazenda na Amazônia. Eu disse isso ao piloto. E ele gozou da minha cara.

– Não, Daniel. É o meu avô que é um explorador de ouro e tem quatro fazendas de extração de mogno, pra disfarçar o que dá dinheiro de verdade pra ele.

Bem, quando ele disse "mogno", o nome da árvore, veio na minha cabeça a cara do outro menino que estava viajando sozinho no avião. Não é que ele tivesse cara de mogno, eu nem sei como é essa árvore, mas é que ele podia muito bem se chamar Daniel e ser o neto do tal explorador de ouro que tinha as quatro fazendas só pra disfarçar. Chiii! Pelo visto eu estava me metendo numa fria. E uma fria a 200 pés de altura.

– Será que...

Nisso, entrou a estática, aquele chiado que os rádios fazem quando vai começar uma transmissão. Logo depois do chiado saiu do painel de controle do avião o maior grito de alguém bravo. Muito bravo.

– TINHORÃO, SEU INCOMPETENTE, ATENDE ESSA DROGA!

Mais que depressa, o piloto pegou o rádio e fez a maior cara de incompetente.

– Tinhorão falando, doutor.

– O QUE É QUE VOCÊ FEZ, SEU #*@!!*^^$#*?

Eu coloquei esse monte de sinais porque não dá pra repetir o que o homem dentro do rádio tinha falado. Ia pegar muito mal pra mim.

– E-eu?

– É. VOCÊ! SEU INCOMPETENTE! IRREVERSÍVEL! INSUPORTÁVEL! IMUNDO!

Aqui eu achei melhor substituir os palavrões pelos quais o piloto estava sendo xingado por adjetivos que eu acho que também combinam com ele.

– M-mas o que foi que eu fiz, doutor?
– VOCÊ SEQUESTROU UM MOLEQUE!

O piloto olhou pra mim.

– E-eu?
– É. VOCÊ, SEU ***%$#. EU MANDO VOCÊ BUSCAR MEU NETO E VOCÊ SEQUESTRA UM MOLEQUE... E PARECE QUE ELE É UM CLEPTOMANÍACO...
– Um o quê?
– UM LADRÃOZINHO QUE ROUBA POR DOENÇA.

Ladrão? Eu? Do que é que ele estava falando? Eu já ia saber...

– ELE ROUBOU A BAGAGEM DE MÃO DE OUTRO PASSAGEIRO. MAS, MESMO ASSIM, ESSE MOLEQUE É PARENTE DE BACANAS E A POLÍCIA ESTÁ ATRÁS DE VOCÊ, E NÃO DELE. TINHORÃO, VOCÊ SABE MUITO BEM QUE EU NÃO POSSO TER PROBLEMAS COM A POLÍCIA...

Na correria, eu tinha pegado a bagagem de mão do aerochato. O piloto me olhou de um jeito muito sacana, como quem está armando alguma.

– Então, ele é um ladrãozinho?
– ISSO NÃO É NADA DE MAIS! NÓS TAMBÉM SOMOS. O PROBLEMA É VOCÊ TER SEQUESTRADO ELE.

O piloto pensou em mais alguma coisa pior do que ele já tinha pensado. Parece que, pelo tamanho da inteligência, o piloto não sabia fazer duas coisas ao mesmo tempo. Pra ele pensar, ele parava de pilotar. O avião começou a ziguezaguear, meio sem rumo. Mas logo o piloto assumiu de novo a direção.

— E o que ele roubou tem valor, doutor?

Eu já tinha entendido tudo. E fui dizendo...

— Você não está pensando em...

Ele fez um sinal de que se eu dissesse mais uma palavra ele me quebrava os dentes da frente. Eu calei o bico.

— Doutor! Foi engano! Eu não peguei moleque nenhum. Eu estou voando sozinho.

— *EU SEI QUE ELE ESTÁ AÍ. E SEI TAMBÉM NO QUE VOCÊ ESTÁ PENSANDO. MAS TEM POLICIAIS NO CAMPO DE POUSO AQUI DA FAZENDA, NO AEROPORTO, E O RADAR ESTÁ RASTREANDO O ANFÍBIO. SE VOCÊ MUDAR DE ROTA VAI ESTAR DECLARANDO A CULPA.*

O cara feio, sujo e malvado olhou para mim como se eu, mais uma vez, estivesse atrapalhando as péssimas intenções dele. O avião deu outra bambeada. E ele ficou gago de novo.

— E-e-e a-agora, doutor?

O *doutor* xingou ele de mais um monte de coisas e disse...

— *TEMOS QUE SER RÁPIDOS, ANTES QUE ALGUÉM ENTRE NA NOSSA LINHA. SE É QUE JÁ NÃO ENTROU...*

O piloto teve outra ideia. Me olhou. E deu uma risada diabólica.

— Posso fazer igual eu fiz com aqueles índios?

– *PODE FAZER QUALQUER COISA... CONTANTO QUE SEJA LOGO, NÃO DEIXE PISTAS E SE LIVRE DO MOLEQUE.*
O piloto deu mais uma risada.
– Ordens são ordens.
Já tinha sobrado pra mim! Segurei forte na mochila e fechei os olhos.
– Criança que rouba tem que acabar assim mesmo.
Ele abriu a porta. E me empurrou.
Fiz questão de me despedir...
– Tchau, seu burro, porco e imuuuuuuuundoooooo...
E lá fui eu pelos ares. Em menos de um segundo saquei que o que tinha na mochila era um paraquedas pequeno. Abri os olhos de novo. Eu estava caindo rápido. O *rap* ridículo do aerochato veio na minha cabeça.

"Olha a bananinha.
Pega a bananinha.
Pega o punho.
Puxa e puxa."

Lembrei dos desenhos também ridículos do livro dele. Abri um pouco a mochila. Procurei bem rápido o gancho do paraquedas. Encontrei. Puxei. Puxei o outro gancho, do outro lado. Abri os braços e as pernas. Olhei pra cima... e o paraquedas começou a abrir. A velocidade da minha queda foi diminuindo... diminuindo... o paraquedas abriu totalmente. Um paraquedas amarelo e azul. Bonito pra burro. Criei coragem de olhar para baixo. E vi as copas das árvores se aproximando. Parecia uma cobertura de chantili verde, numa taça de sorvete gigante. Foi aí que eu lembrei que o aerochato não tinha me ensinado uma coisa: pousar.

CERCADO DE MACACOS POR TODOS OS LADOS

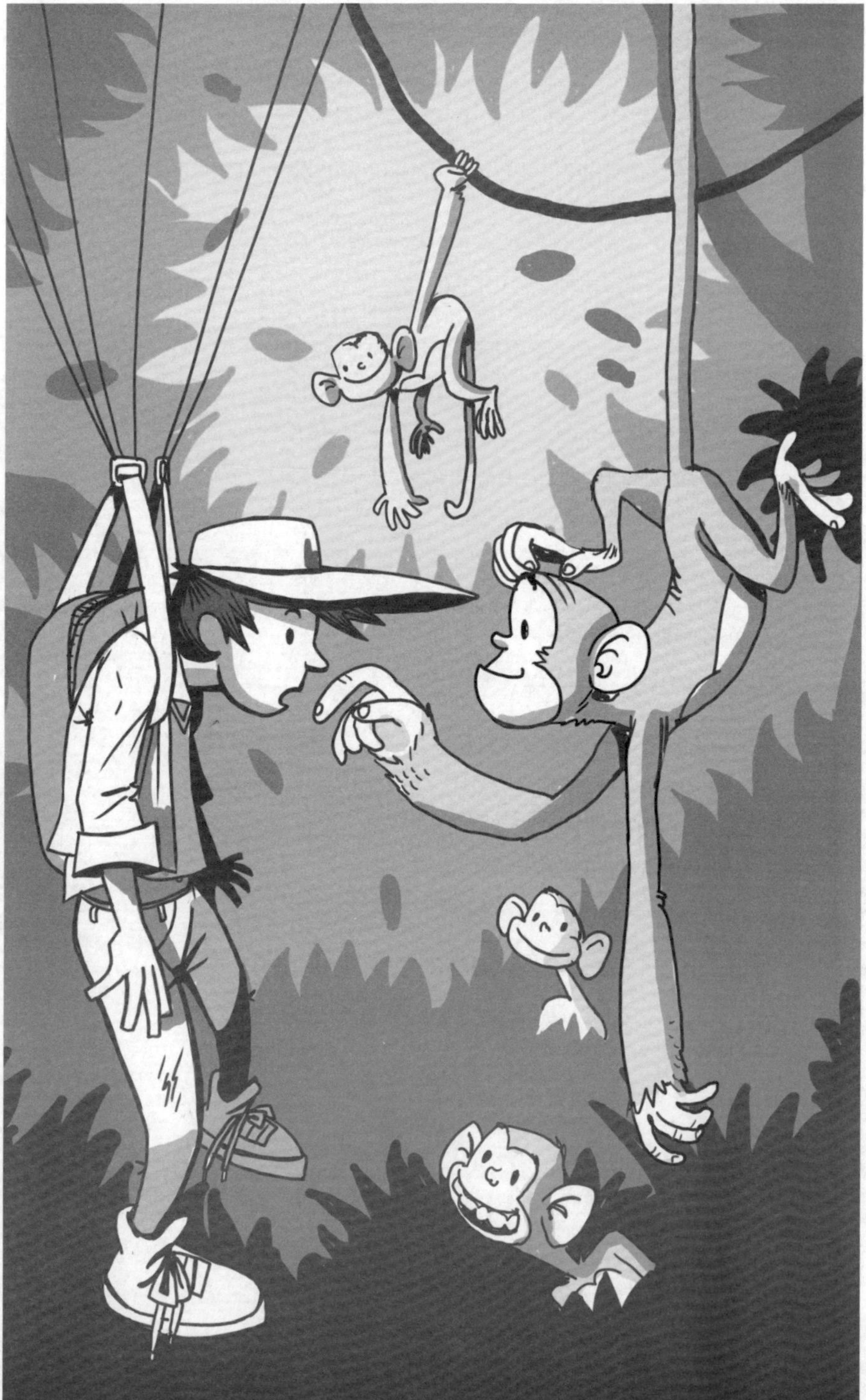

Eu me arranhei um pouco quando o paraquedas passou pelas árvores. Mas não muito. Ainda bem que tinha vestido a jaqueta. Só não entendo até agora como é que o meu boné, cheio de guitarras, não caiu da minha cabeça. Ele ficou lá, o tempo todo, que nem um anjo da guarda.

Voltando ao final do outro capítulo: eu não sabia como pousar. Nem precisei saber. Não pousei. O paraquedas ficou preso entre as árvores e eu, pendurado à altura de mais ou menos uma cesta de basquete. No meio de um monte de galhos. E o chão lá embaixo. Bem lá embaixo! Parecia um trepa-trepa de *playground*, só que gigante. Com troncos e galhos tortos, folhas e plantas pequenas. Algumas plantas tinham flores. Achei engraçado ver plantas que nascem em árvores. Mais do que engraçado, muito bonito.

Quando o paraquedas caiu, fez o maior barulho. Junto com o meu barulho, ouvi um monte de outros sons. Alguns passarinhos e gritos de macacos que fugiram assustados. Eu também estava assustado. E pendurado. Como eu não estava bem preso ao paraquedas, fiquei segurando nas cordas, pra não despencar. Não dava pra eu me mexer muito. Qualquer toquezinho, já balançava. Se eu caísse, pela altura, era óbvio que no mínimo ia me arrebentar.

Ah... o meu celular! Ele não teve a mesma sorte que o meu boné, coitado! Mal eu desabei do avião, vi a capinha cheia de caveiras dele voando pelos ares. Deve ser por causa do peso. O celular era bem mais pesado do que o boné, claro! E pelo meu deslocamento no ar, não tinha a menor chance de me reencontrar com o meu querido celular.

E agora? Como é que eu ia me comunicar? Pedir socorro? Bom, pra me comunicar e pedir socorro, primeiro, eu ia precisar me livrar daquela situação, né?

Onde eu fiquei preso, as árvores não deixavam passar muito sol. Estava meio abafado. Pelo menos umas três vezes por segundo eu ouvia barulhos. Perto e longe. Pios. Gritos. Arrotos. E outros sons que eu não sei o nome. Nenhum rugido. Nada assustador. Tudo legal. Pelo menos até ali. Às vezes, parecia que uma ave perguntava uma coisa, de um lado, e outra respondia, do outro lado. Eu ouvia sons parecidos com risadas.

Depois de um tempinho, as risadas diminuíram. E eles se aproximaram. Bandos de macacos. Devagar. Em silêncio. E com os olhos bem arregalados. Curiosos. Eram uns seis bandos diferentes. Em cada bando, uns dez macacos bem parecidos. Alguns vieram pulando de galho em galho. Outros chegaram em cipós. Um macaco preto, com rabo fino e comprido e com a cara tão clara que parecia nem ter pelos, ficou bem perto de mim, pendurado pelo rabo, um pouco mais alto do que eu estava. E me olhava muito curioso. De vez em quando ele coçava o queixo. Os macacos maiores eram mais ou menos do tamanho de cachorros médios. Vi macacos marrons, cinzentos, quase brancos e alguns meio alaranjados. Um dos maiores chegou mais perto e ficou me olhando, sério. Ele era marrom bem claro, tinha pelos curtos e uma barriga enorme. Sentou em um galho e ficou mastigando uma folha comprida que ele segurava em uma das patas. Ele virava a cabeça para os lados. Às vezes, dava uns saltos e piruetas muito legais, sem cair do galho. Um outro macaco, meio laranja, era muito engraçado. Cabeludo e barbudo, o cara, quer dizer, o macaco ficava balançando a cabeça como se estivesse ouvindo música.

As aves também voltaram. Devagar. E ficaram em galhos mais altos do que os macacos. Estava todo mundo supercurioso em relação a mim. E eu em relação a eles.

Não conheço muitos nomes de aves, mas vi um tucano. Tinha araras. Umas com rabos compridos e peito amarelo. Outras totalmente vermelhas. Eram aves de tudo quanto é cor: preta, rosa, azul, verde então... tinha uns setecentos tons de verde.

Acho que os macacos perceberam que eu não ia fazer mal. E chegaram mais perto. Fazendo barulho. Os mesmos barulhos que eu tinha ouvido longe, só que agora perto. E alto. Macacos não podem morar em prédio. Toda hora o síndico iria bater na porta deles, para pedir pra abaixar o som.

Sei lá por quê, comecei a imitar os movimentos do macaco que estava pendurado pelo rabo. Só que eu me mexia mais devagar, pra não cair. Ele balançava pra um lado. Lá ia eu, pro mesmo lado. Ele coçava a barriga. Eu também coçava a minha.

O macaco gostou. E começou a aplaudir e a fazer movimentos, só pra eu repetir. Outros macacos quiseram brincar com a gente e virou o maior jogo de mímica.

Tudo estava muito gostoso ali, mas cada macaco no seu galho! Não dava pra eu passar o resto da vida pendurado, brincando com macacos e sendo observado por um bando de aves. Eu tinha que fazer alguma coisa.

Mas o quê? Aí, aquele grande macaco-barrigudo se aproximou mais do que aquele que estava pendurado de cabeça pra baixo, arregalou os olhos, virou a cabeça de lado e me mostrou os dentes.

Me deu um pouco de medo. Sabe-se lá o que estava passando pela cabeça dele. O barrigudo fez uns barulhos e ameaçou pular. Achei, de cara, que era pra cima de mim. Mas logo percebi que ele estava ameaçando pular no chão. Não sei se foi impressão minha, mas achei que ele estava me convidando a pular. Imitei o macaco-barrigudo. Ele me imitou, imitando ele. Mostrei os meus dentes. Ele aplaudiu de novo. E deu um belo pulo. Pra baixo. Com as pernas curvadas, pra amortecer a queda. Quando o macaco apoiou as patas no chão, ele afundou um pouco.

Foi aí que eu percebi que o chão era meio fofo. Tinha uma camada de folhas que poderia me proteger na queda. O macaco-barrigudo olhou pra cima e aplaudiu de novo. Eu também aplaudi, pelos toques que ele estava me dando. Me soltei do paraquedas. Um, dois, três e... pulei. Fiz exatamente como ele: dobrei as pernas, apoiei as mãos no chão e afundei um pouco mais do que ele, óbvio, eu sou mais pesado. Ele aplaudiu de novo. E eu também. E alguns dos macacos que acompanharam tudo, de cima, também aplaudiram. Pensei em dar a mão pro macaco-barrigudo, pra agradecer, mas achei que ia pegar mal. Ali era a floresta. Não era nenhum zoológico ou parque. Ele podia ficar com medo de mim, se ofender, sei lá.

Aí, eu percebi outra coisa: eu tinha escapado de morrer. Mas estava perdido na floresta. Sem a minha bagagem. Sem companhia. Sem lanterna. Sem o meu celular...

Além do boné, da jaqueta, da calça, da camiseta e do meu tênis de cano alto, a única coisa que estava comigo eram os fones de ouvido brancos, que eu sabia que tinham ficado em um dos bolsos da jaqueta.

Pensei em ficar com medo. Mas eu tinha gostado muito da farra com os macacos e não me sentia em perigo. Precisava dar um jeito de sair dali. Se bem que era muito legal lá. No meio daquelas árvores altas. Com troncos supergrossos. Macacos legais. Aves lindas. Tudo verde. Meio úmido. Um pouco abafado, mas um paraíso.

A CASA CAMUFLADA

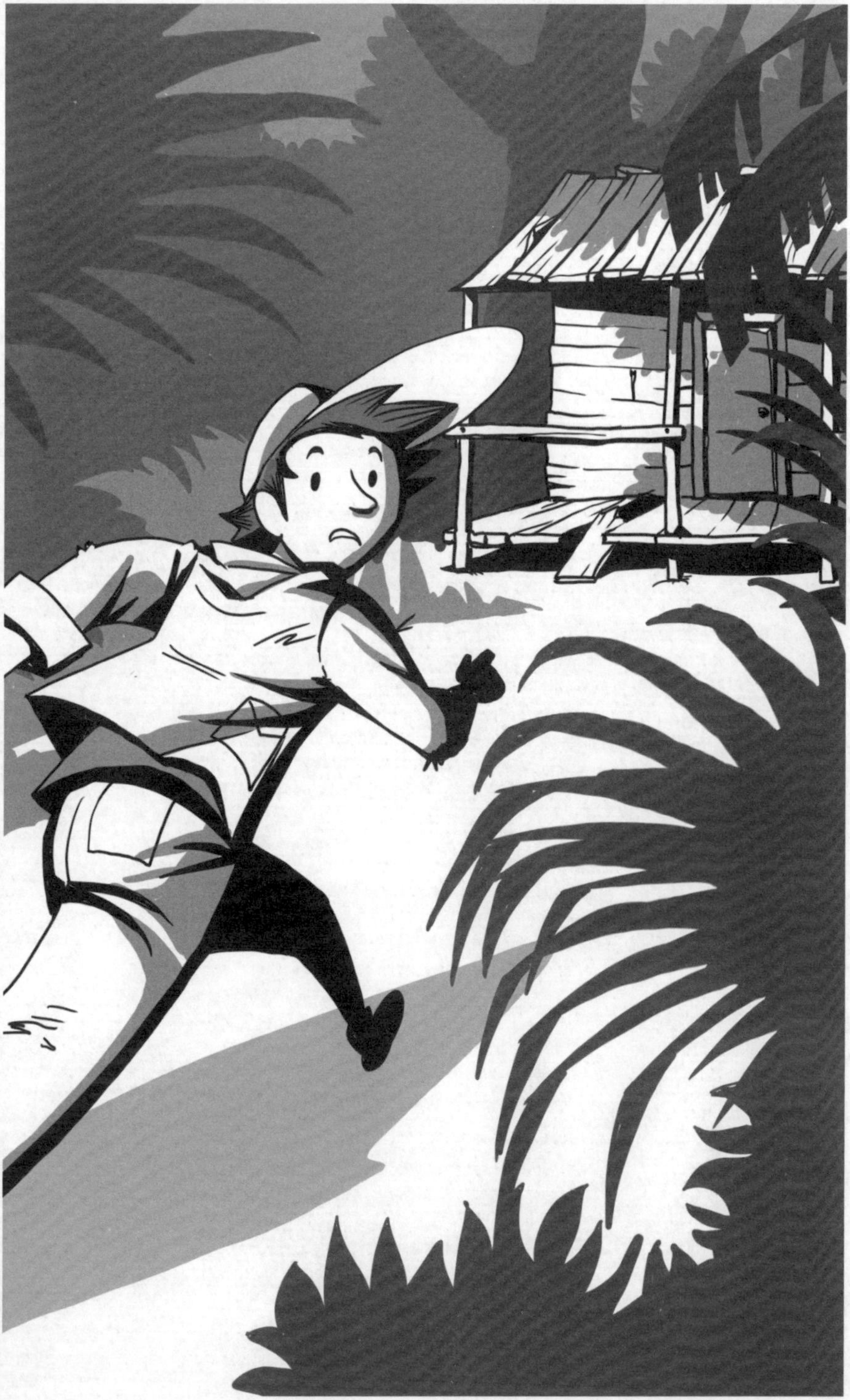

Quando eu pensei o *í* da palavra *paraíso*, reparei que já não estava tão claro. Também não estava escuro, mas estava mais escuro do que claro. Logo ia anoitecer. Como é que eu ia fazer? Senti uns zumbidos. É, senti. Eu ouvia o barulho meio irritante e sentia que tinha uns insetos batendo no meu rosto. Não conseguia ver, só ouvir e sentir. Uns insetos muito chatos e que tinham me descoberto. O barulho aumentou. A quantidade de insetos também. Ficou mais escuro. Lembrei o que o meu pai tinha falado sobre os borrachudos que atacam quem anda pela floresta: eles atacam principalmente os olhos. Meu pai até falou o nome deles, mas eu esqueci.

Tapei os olhos com a palma da mão esquerda. Eu ia precisar dos meus olhos pra sair dali. Tapando os olhos, comecei a ouvir melhor. Um barulho de água. Lembrei outra coisa que o meu pai tinha falado: os rios sempre vão dar em algum lugar. E lá fui eu, em direção ao barulho da água. O caminho parecia uma almofada. Mas tinha um monte de raízes no chão, que atrapalhavam minha caminhada. Principalmente com os olhos meio tapados. Dei cada tropeção! Quanto mais eu me aproximava da água, mais aumentava o barulho e a quantidade de borrachudos a fim do meu sangue e dos meus olhos.

Percebi que eles gostam de água. Dei meia-volta, tentando andar bem depressa, fugindo mesmo. Diminuiu a quantidade de borrachudos. E eu me vi em um lugar meio aberto. Uma clareira. Com árvores distantes umas das outras. E quase sem nenhum inseto. Devagar tirei a mão dos olhos, testando se os borrachudos tinham ido embora mesmo. Parecia que tinham.

O macaco-barrigudo estava me acompanhando a certa distância. Vi uma coisa que me deixou contente, no mesmo instante em que ouvi um barulho que me fez suar frio. O que eu vi: uma espécie de casa, camuflada entre as árvores. E o que eu ouvi: passos. Atrás dos meus, só que mais pesados. Que pararam quando eu parei. Eu estava sendo seguido. Olhar pra trás? E a coragem? Ir em direção à casa camuflada? Era melhor.

O macaco-barrigudo fez mais barulho. Parecia que ele estava assustado. Dei mais alguns passos. Ouvi os passos de novo. Parei. Virei a cabeça devagar. Não vi nada. Eu estava a mais ou menos... deixa eu pensar... já sei: a mais ou menos um posto de gasolina de distância da casa.

Uma casa de madeira, com varanda na frente, uma porta e duas janelas fechadas. Andei mais um pouco. Silêncio. Só sapos coaxando. Ninguém me seguindo. O teto da casa era de um tipo de madeira. Dei mais alguns passos. Barulho de mato se mexendo, mas não de passos. A casa estava em silêncio. Ouvi grilos. O macaco-barrigudo parou. E gritou. Parecia que ele não queria que eu fosse adiante. Achei que era loucura da minha cabeça. Andei um pouco mais. O barrigudo ficou longe. Estava cada vez mais escuro. Andei mais um pouco. E cheguei bem perto da porta. Faltavam só uns três passos pra eu tocar nela. Ouvi um barulho de madeira. E um zumbido. De novo os borrachudos? Que nada: uma flecha. Quase do dobro do meu tamanho. Passou raspando e se cravou na porta. Tinha uma ponta de pedra e era enfeitada com penas cinzentas. Escuras.

Era um aviso, óbvio. Quem quer que fosse, se quisesse me flechar, não teria errado. E agora: virar pra trás ou não? Ouvi outro barulho de madeira. Outra flecha sendo preparada. Quando escutei o zumbido, não tive dúvida: no maior pique, corri e empurrei a porta. Ela estava aberta. Entrei e fechei. Por dentro, vi a ponta de pedra da segunda flecha se cravando na porta. Encostei o ouvido na parede de madeira, pra tentar escutar o que estava acontecendo lá fora. Passos correndo. Não em direção à casa. No sentido contrário. "Índios!", eu pensei. Meu pai me disse que os índios não costumam ser violentos com os brancos. Ao contrário, nós, brancos, é que desde o descobrimento do Brasil temos sido violentos com eles. Mas meu pai disse também que alguns povos indígenas ainda não tiveram contato com brancos e que, por isso, podem ser agressivos. Esses deviam ser.

Mas por que eles tinham ido embora? Óbvio: foram chamar mais gente. Melhor curtir meus últimos minutos de vida. De cara eu não vi nada, estava muito escuro lá dentro. Quando meus olhos se acostumaram com o escuro, eu me toquei: estava em um laboratório abandonado. Mais ou menos do tamanho de uma lanchonete. Pelos barulhos, devia estar cheio de insetos, talvez até outros bichos. Estava a maior bagunça lá dentro.

Nas paredes, estantes cheias de livros. Muito velhos. Uma das estantes tinha esqueletos de pequenos animais. E vidros. Muitos vidros com aranhas e alguns insetos muito grandes e cheios de patas e antenas.

Ouvi um barulho diferente. Um ronco. Meio molhado. Vi dois lampiões no chão. Estavam quebrados. Uma mesa grande. Na mesa, microscópios de vários tamanhos e um monte de caixas e vidros vazios. Uma outra mesa, menor, com uma cadeira meio torta, só com três pernas.

Senti cheiro de bicho. Cheiro de pelo de gato. Do lado da mesa menor, um monte de caixas. Em cima da mesa, um computador. Computador?

Não tinha a menor cara de ter luz elétrica na casa, mas tinha um computador. Pelo modelo, devia ser bem antigo. Dei uns passos em direção à janela, pra tentar abrir. Tropecei em alguma coisa. Que se mexeu. Roncou. E acordou. Parei. Outro ronco. Ela olhou pra cima. Com cara de mal-humorada. Abriu uma boca grande pra burro. Os olhos brilhavam mais do que tela de cristal líquido.

E ela soltou aquele barulho que sai meio da garganta. O barulho que os felinos fazem quando querem assustar. Como a aerogata tinha feito pra mim no avião. Só que não era exatamente a aerogata. Nem uma gata. Eu tinha tropeçado numa onça-pintada.

CARA A CARA COM UMA ONÇA-PINTADA

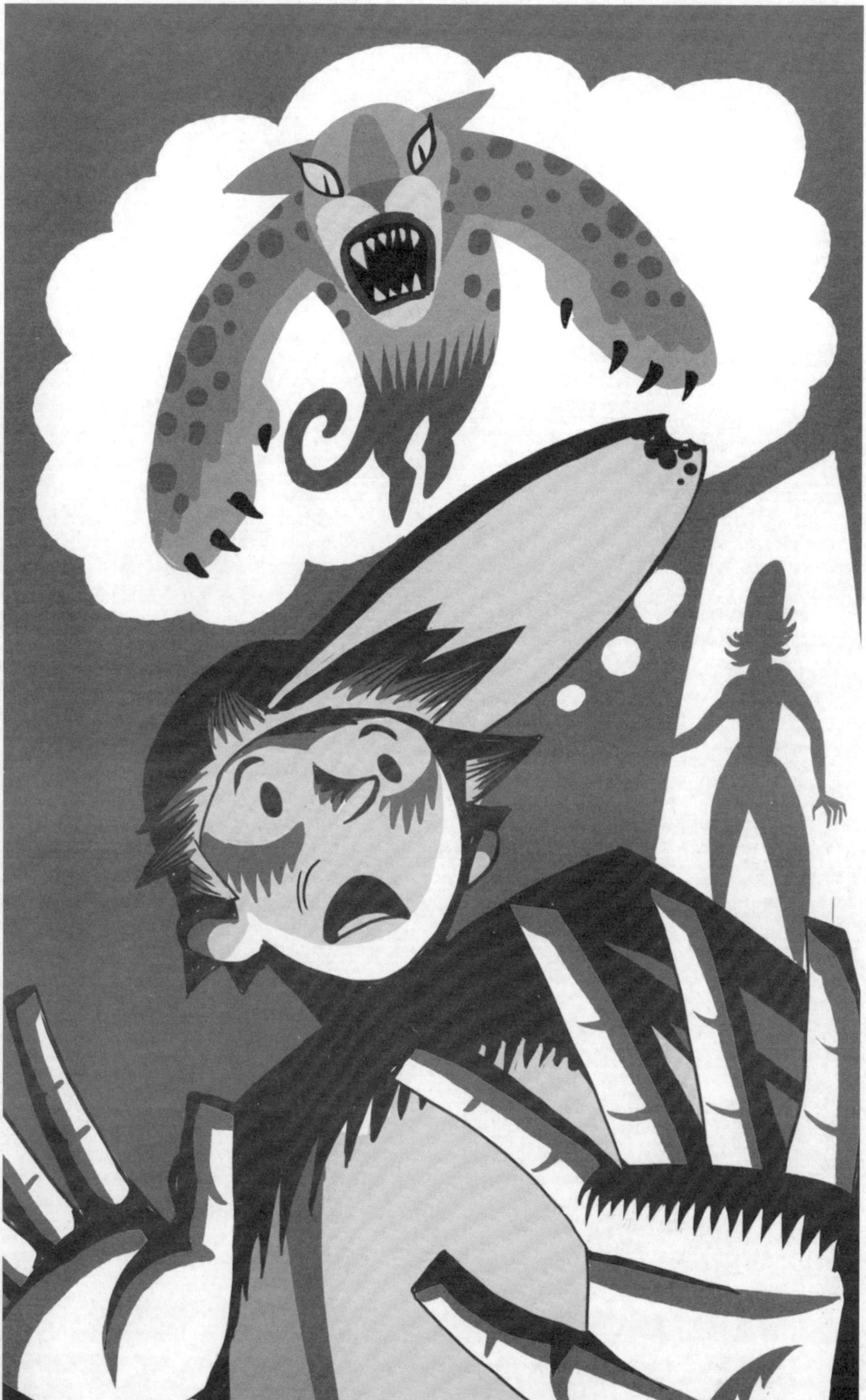

Eu não ia precisar esperar os índios voltarem para morrer. Aquela bela onça poderia me devorar sozinha. E na hora que bem entendesse. Ela ficou deitada um tempo. Pela cara dela, parecia que estava pensando se ia me engolir de uma vez ou aos poucos. Eu já estava enxergando bem melhor no escuro. E não tirava os olhos dos olhos dela. Não era uma onça muito grande. Devia ser filhote. Tinha a altura de um cachorro médio. Mas era um pouco mais comprida. Muito mais forte. Com as patas mais grossas. Amarela e cheia de pintas pretas e marrons. Até que a ideia de morrer comido por um bicho lindo daquele era mais legal do que acabar nas mãos do piloto imundo e mau-caráter. Comecei a suar frio. Mas, mesmo assim, fiquei firme, encarando a gatona.

    Eu sabia muito bem que onças, mesmo sendo filhotes, são selvagens, perigosas e gostam de comer gente. Bem, se elas gostam mesmo de comer gente, eu não tinha certeza. Mas, pelo tamanho delas, é óbvio que, se quiserem, derrubam a gente com um sopro. Mas não foi o que ela fez.

A onça se levantou, fez um movimento superbonito, como se estivesse esticando os músculos do corpo, balançou a cabeça bem rápido e, no maior pique, deu um salto e pulou pela janela para fora do laboratório. Foi só ela encostar as patas e a janela se abriu. Que pulo bonito!

É, a onça me deu a maior esnobada. Deve ter me achado muito fraquinho. Se bem que eu encarei legal o olhar desconfiado dela. Pode ter sido isso também: ela pode ter me respeitado. Seja lá o que for, eu tinha escapado. *Dela*. Porque logo entraram no laboratório quatro mulheres. Muito estranhas. Altas pra burro. Lindas. Morenas. Cabeludas. Segurando tochas acesas. E com arcos bem grandes amarrados nas costas. Arcos do tamanho das flechas que tinham sido disparadas na porta do laboratório. As quatro estavam vestidas com uma espécie de macacão colado no corpo, feito de um tecido listrado de vermelho, preto e amarelo. As botas eram do mesmo material. Elas tinham caras de alucinadas e olhar de bicho selvagem. Pareciam mais ferozes do que a onça. Me olharam um tempão. Seguravam as tochas um pouco alto. Com o fogo, eu conseguia ver muito melhor o laboratório. E o chão do laboratório, onde não paravam de aparecer cobras, com listras vermelhas, pretas e amarelas.

    As cobras mediam mais ou menos meio metro e entravam no laboratório se arrastando. Sem nenhuma pressa. Fazendo o maior suspense. Será que elas são venenosas? Eu logo ia saber. Umas trezentas cobras.

Trezentas é exagero. Mas pelo menos umas cento e cinquenta apareceram. E eu lá, só pensando: o que as grandalhonas querem comigo? Veremos. Ameacei dar um passo. Pra quê? Uma delas veio pra cima de mim, doidona, com aquela tocha apontada pro meu rosto... pronta pra me queimar. O que parou a doidona incendiária foi uma outra mulher, que apareceu na porta e fez um som. Um *siii* meio longo, como se fosse um sinal. O fogo da tocha chegou a queimar a pontinha do meu boné, mas eu, com um tapa, apaguei. E olhei pra mulher que estava na porta, encostada no batente. Com uma cara linda. Mas cara de má. Essa era loira. Os cabelos também eram compridos, mas ela era um pouco mais baixa. Se vestia igual às outras. Só que, por cima do macacão, ela estava com uma espécie de jaqueta do mesmo tecido. Foi aí que eu saquei que não era tecido. A roupa das cinco era feita de pele de cobra.

Meio segundo depois da loirona parar na porta, pousou na janela um pássaro enorme. Cinzento, da mesma cor das penas que estavam nas pontas das flechas. Quase um metro de altura. Parecia uma águia. Ela cravou as garras com unhas muito afiadas no batente da janela e grudou os olhos negros em mim. Com cara de quem estava doida para me devorar. E, pelo tamanho do bico, não ia precisar fazer muito esforço. Mas ela ficou na janela. Só observando. E esperando pra ver o que a loirona com cara de perigosa ia fazer comigo.

PIOR DO QUE UMA ONÇA

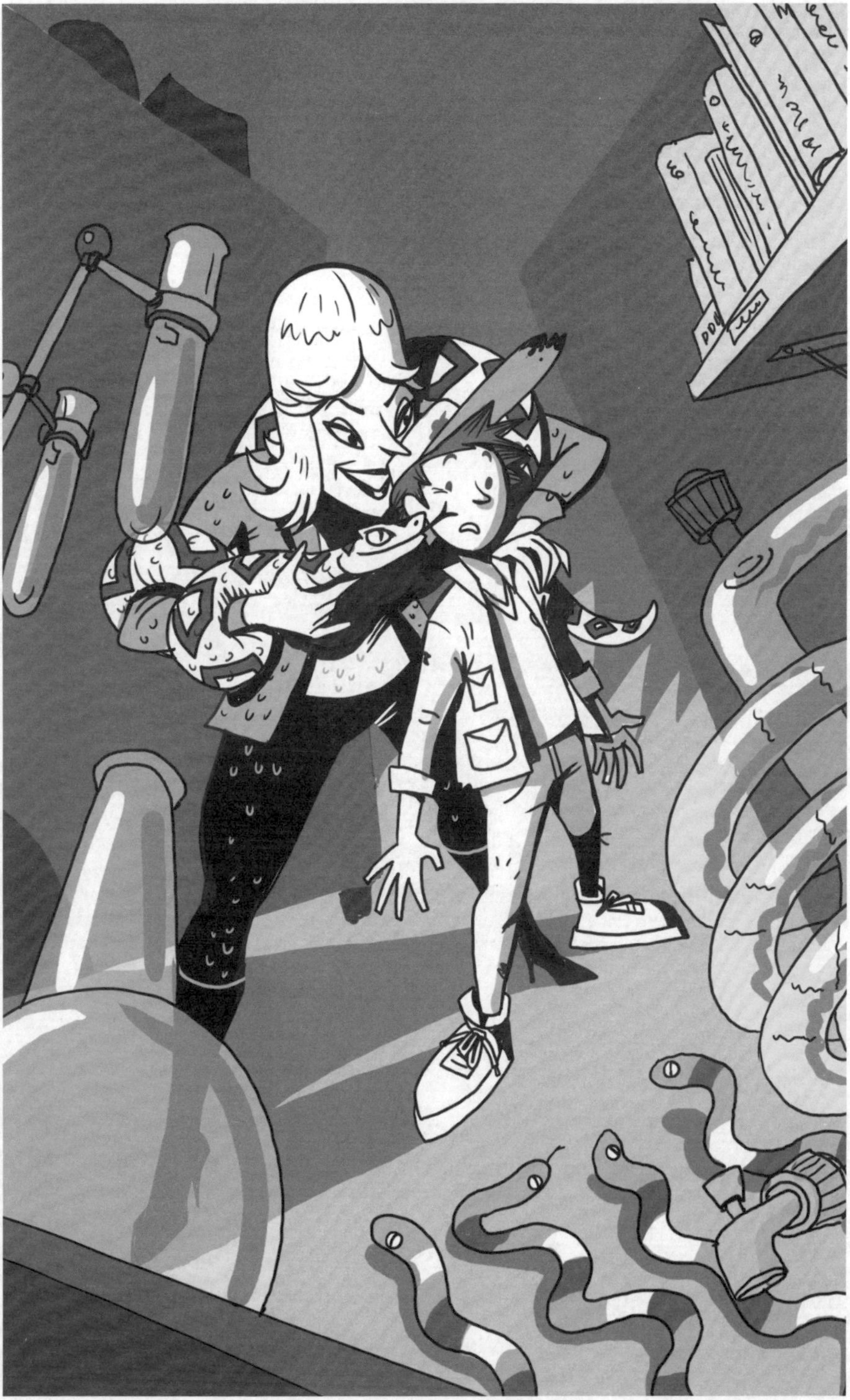

Depois de me olhar uns cinco segundos (ela foi mais rápida do que a onça), a loirona perigosa começou a andar em volta de mim. Ela não se desviava das cobras. Parecia que as cobras é que se desviavam dela. Para as cobras abrirem passagem, boa coisa é que a mulher não devia ser. Enquanto eu pensava isso, a loirona perigosa chegou bem perto, cruzou os braços, arregalou os olhos e me fez uma pergunta, com a pior cara possível...

– Como você descobriu?

Eu não tinha a menor ideia do que ela estava falando. Mas, pra ganhar tempo, fiz cara de quem está por cima.

– O que eu ganho se eu contar?

Ela deu uma voltinha perto de mim, pensando. Pela cara dela, eu achei que ela ia me arrebentar. Mas a loirona engoliu em seco. Parou de novo, um pouco mais perto, e se abaixou. Colocou um dedo esticado debaixo do meu queixo e levantou a minha cabeça.

– Você vai falar.

Ela olhou pras cobras no chão. Agora, sim, eram quase trezentas cobras no chão. Que nojo! Que medo! Fiquei na minha e encarei a loirona.

— Eu não tenho medo de cobras. E tem mais: a maioria das cobras não é venenosa.

Ela deu uma gargalhada e andou mais um pouco em volta de mim. A loirona rebolava pra burro.

— Ah, que espertinho! Quer dizer que você conhece cobras venenosas?

A loirona se abaixou, pegou uma cobra na mão e colocou ela bem na frente do meu rosto. Pelo jeito como ela apertava, a boca da cobra ficou meio aberta.

— Então me diga, garoto, essa cobra-coral é venenosa?

Era uma cobra-coral? Claro que era. Vermelha, preta e amarela, só podia ser. E as corais são venenosas! Eu tinha provocado quem não devia. Pela cara de medo que deve ter visto em mim, a loirona sacou que ela estava pelo menos com três gols de vantagem. E chegou a cabeça da cobra bem perto de mim. Como era horripilante aquela boca cheia de dentes! Aqueles olhos grandes...

— Vamos, fale.

Fiquei quieto. Estava perdido mesmo. Aí, ela ficou passando a cobra no meu rosto enquanto falava. Pele fria e lisa. Coberta de escamas.

— Onde você quer que ela morda, garoto?

Enquanto fazia a cobra passar pelo meu pescoço, a loirona dava gargalhadas com uma voz bem grossa. Parecia alucinada.

— No pescoço?... Não! Acho melhor deixar que ela entre pela sua jaqueta e morda perto do coração. O veneno chega mais rápido.

Eu fui me encolhendo, levantando os ombros e comecei a transpirar mais do que um chafariz quando solta água. Ela soltou a cobra-coral nos meus ombros e começou a falar com intimidade.

– Divirta-se, querida.

Aquele bicho andando pelos meus ombros, procurando uma entrada pela jaqueta... que sensação mais... mais... não conheço nenhum adjetivo que consiga dizer o que senti naquela hora.

A loirona cruzou os braços de novo. E deu outra gargalhada. As quatro morenas também caíram na gargalhada. Elas estavam rindo de mim. A loirona disse...

– Bem se vê que você não entende nada de venenos...

Eu arregalei um pouco os olhos.

– ... Estas são as falsas-corais. As verdadeiras têm os olhos menores e a cauda curta e grossa. Além do susto, estas maravilhas rasteiras da natureza não podem fazer quase nada em você.

Eu, com um pouco de vergonha, tirei aquela cobra do meu pescoço e quase ia jogando ela no chão. Mas me deu um pouco de dó de fazer isso. Eu me abaixei e coloquei o bicho no chão. Afinal, ela não tinha culpa de nada.

A loirona fez *siii* e as morenas pararam de rir.

– A sua coragem me agradou, garoto. Eu vou dar mais uma chance: o que você está fazendo aqui?

– Nada. Eu só quero ir embora.

Mas aí ela se irritou. Acho que a loirona pensou que eu estava mentindo. Chegou mais perto e colocou as duas mãos tapando as minhas orelhas.

– Todos os forasteiros interessados nas riquezas da Amazônia dizem que não querem nada.
Forasteiro? Eu?
– A senhora não está me achando muito novo para um forasteiro?
Ela pensou em alguma coisa terrível...
– Muito esperto.
... e com a voz muito mais violenta, continuou...
– Quem está por trás de você?
Chiii, ela estava achando que eu tinha sido mandado por alguém. O negócio estava piorando pro meu lado.
– Espera aí: eu caí de paraquedas e...
Mas a loirona não queria nem saber...
– As pistas! Você encontrou as pistas?
Fui ficando com mais medo.
– A senhora está me confundindo com alguém. Deixa eu ir embora.
Ela estava quase perdendo a paciência comigo, dava pra perceber.
– Última chance: onde estão as pistas do Professor Velho?
Professor Velho? Não tinha a menor ideia de quem era. E disse isso a ela. Mas a loirona apertou mais as mãos contra minhas orelhas. Parecia que os meus miolos iam estourar. Ela era muito forte para uma mulher normal. Mas, normal, eu já tinha visto que ela não era.
A loirona anormal continuou, mais irritada e linda do que nunca...

– As cobras não são venenosas, mas eu sou. Onde está o Professor Velho?

– Se eu soubesse, eu falava, juro.

Nisso, eu ouvi um estrondo lá fora, um raio; e, na sequência, um relâmpago. Clareou tudo! Inclusive a cara de assustada que a loirona fez. Ela apertou um pouco mais a minha cabeça.

– Você espera que eu acredite que você está aqui por acaso?

Outro trovão. Ela ficou mais aflita. As morenas também ficaram assustadas. As cobras começaram a recuar. A sair devagar. Mais um estrondo. Mais ferozes os barulhos. Mais claros os relâmpagos. As cinco malucas, assustadas, ficaram mais bonitas ainda!

Um pouco contrariada, a loirona foi soltando a minha cabeça enquanto falava. Ela estava muito brava comigo, como se a culpa pela chuva fosse minha. Eu não tinha nada com isso. Aliás, eu não tinha nada com nada.

– Isso não fica assim, garoto.

Os trovões eram de assustar. Ela continuou...

– Eu vou estar por perto.

As cobras já tinham dado o fora quando as quatro morenas saíram. Depois foi a vez de a águia levantar voo. Por último, saiu a loirona. Mas, antes, ela deu uma paradinha na porta e...

– Qualquer passo em falso, e eu acabo com você.

Não tive a menor dúvida de que a loirona perigosa fosse capaz disso. E olha que eu ainda não tinha visto nada!

DORMINDO COM INIMIGOS

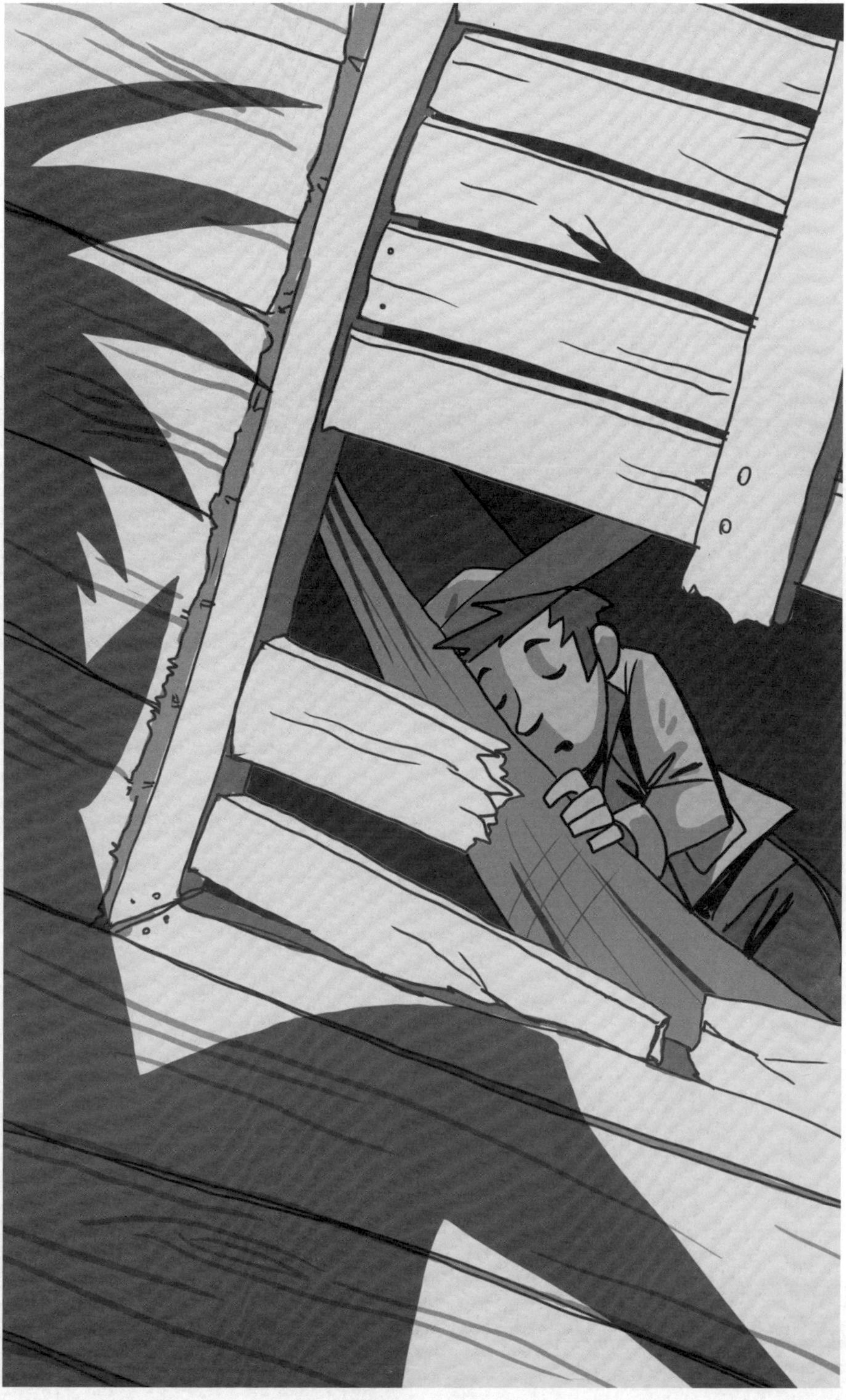

Quando a gente está sozinho na floresta, a noite parece uma mistura de montanha-russa com trem fantasma. No meio da maior escuridão, não param de acontecer coisas muito estranhas. E que deixam a gente com o maior frio na barriga.

Foi assim a minha primeira noite na floresta. Desabou uma tempestade que eu só ouvia. Óbvio que eu não ia ser doido de colocar o pé ou a cara para fora do laboratório. Resolvi passar a noite lá dentro.

Assim que a loirona perigosa e sua gangue saíram, tranquei a porta e as janelas. A onça podia voltar. Ou podia ser que as doidonas voltassem, com a águia e as cobras. Ali dentro, pelo menos, eu sabia que esses eram os perigos. Mas e lá fora?

Aproveitei a luz dos raios e vasculhei as gavetas das mesas do laboratório. No meio de um monte de papéis envelhecidos e pequenos equipamentos quebrados e enferrujados, tinha algumas caixas e envelopes. A maioria com um nome escrito, com vários tipos de letra: para o Professor Velho. *To* Professor Velho. *For* Professor Velho. *M.* Professor Velho.

Pelos selos dos envelopes, parecia que eles tinham vindo de várias partes do mundo. Professor Velho! Achei esse nome bem simpático. Numa das caixas achei dois pedaços de vela e um isqueiro, que ainda tinha um pouco de fluido.

Vela. Isqueiro. Fácil demais, não? Também achei. Como eu estava enganado!

Com a luz da vela, pude ver, bem no meio do laboratório, o tronco de uma árvore que desaparecia por um buraco no teto. O laboratório tinha sido construído em volta de uma árvore. No espaço entre o tronco e o teto, pingavam goteiras bem fortes. Tinha uma rede pendurada, da árvore a uma das paredes.

Eu vi também que, além de mim, o laboratório do Professor Velho tinha outros hóspedes: um monte de insetos, sapos e morcegos. Muitos morcegos. Lá fora, tinha também uns grilos. Mas eles só queriam fazer barulho. Era muito bicho para um dia só.

"Será que eu ia conhecer todos os bichos da Amazônia de uma só vez?", era o que eu pensava. Mas logo me lembrei do que li no *site* do hotel, em que dizia que existem aproximadamente 500 milhões de espécies vivas na Amazônia. Eu ainda não tinha visto nada!

Os morcegos estavam pendurados de ponta-cabeça, presos pelas patas nos troncos mais finos da árvore e em algumas das vigas que seguravam o teto de madeira. Estavam na deles, no maior sono. Quem parecia estar a fim de alguma coisa comigo eram os sapos. Uns vinte. Sapos verde-escuros. Muito grandes. Bem maiores do que o meu tênis, e olha que eu já estou calçando 34. Sapos brilhantes. Com os olhos arregalados. E fazendo um barulho bem feio. Eles foram se aproximando. Dando saltos, cada vez mais perto de mim. Só que os sapos passaram reto e foram se divertir com os insetos que estavam em um canto. Tem que ver os saltos que eles davam pra abocanhar os insetos. Apesar de os insetos voarem um pouco alto, os sapos fizeram a festa. Os insetos também eram bem grandes. Tinham o corpo comprido. Com asas da metade do corpo pra baixo e pernas com joelhos.

Não demorei muito pra adivinhar o nome deles: louva-a-deus. Não foi bem adivinhar, foi ler. Entre os vidros das prateleiras, com insetos no formol, tinha um que era da mesma espécie dos que foram jantados pelos sapos e estava escrito em um esparadrapo colado no vidro: louva-a-deus.

Por falar em jantar, estava me dando a maior fome. A única coisa comível que eu encontrei foi uma lata de achocolatado. Vazia, velha e enferrujada. Ou os insetos e os outros bichos. Como eu não sou muito chegado a insetos, sapos e muito menos morcegos, fiquei só pensando: o que eu posso comer? Ali não tinha nada. E lá fora, eu é que não ia. Mas e amanhã? Se eu existisse até amanhã, o que eu ia comer?

Eu não tinha a menor ideia de que espécies de frutas são venenosas. Como eu ia fazer? Foi aí que caiu outra ficha: pra sobreviver na floresta, eu ia ter que aprender mais coisas sobre ela. E sobre as espécies que vivem nela. Como eu tive a sorte de ter caído em um laboratório abandonado – pelo menos por gente –, eu tinha mais é que aproveitar o tempo pra conhecer alguns assuntos. Procurar um manual de sobrevivência, sei lá.

A ideia fez com que a minha fome desse um tempo. E o meu medo também. É. Depois de tudo o que tinha acontecido, sou obrigado a dizer que eu estava com medo até da minha sombra.

Era óbvio que eu não ia poder acessar a internet para pesquisar. Tinha que ser nos livros em papel, que estavam espalhados pelas estantes do laboratório. Os livros estavam velhos e umedecidos, eu ia ter que tomar muito cuidado para não desmancharem.

Por onde começaria a pesquisar? Já sei: pelos sapos. Afinal, eles estavam acordados e os morcegos dormiam.

Logo na primeira estante, uma enciclopédia. Fui procurando... A... B... C... A letra "S" estava no volume 12, que começava em "Renascimento" e terminava em "Sociedade das Nações".

Boa! Tinha um monte de palavras que eu não sabia o significado, mas consegui entender alguns trechos, exatamente os que me interessavam. Lá dizia que o sapo é um batráquio desdentado. O mais comum é o sapo verde, aqueles eram. E ele é chamado de bufo. Tem o corpo grande e as patas grossas. Até ali tudo estava combinando com os meus companheiros de hotel. No livro dizia também que o sapo é anfíbio com "a" maiúsculo.

Se dá bem tanto na terra como na água. Que as pessoas têm medo dele porque acham o sapo um animal feio e venenoso. Tá certo que ele não é nenhum galã, mas, apesar de ter mesmo veneno, é muito difícil um sapo contaminar alguém. Normalmente o sapo não ataca. E não consegue lançar o veneno em ninguém. Para ser contaminado é preciso pressionar as paratoides ou morder o sapo. No livro não explicava o que são paratoides. Fui até o dicionário que eu tinha visto em outra estante e li que são glândulas de veneno, que ficam atrás da cabeça do sapo. Muito bom ter um dicionário ali. Como eu não estava querendo tocar nem de leve em nenhum sapo, e muito menos fazer sanduíche de batráquio, eu não estava correndo perigo. Pelo menos com os sapos.

Mas tinha os morcegos. Esqueceu? Mas eles não esqueceram. E parece que acordaram. Fazendo um barulho infernal. E começaram a voar pelo laboratório, muito rápido. Põe rápido nisso. E sem esbarrar em nada, nem nos outros morcegos. E olha que tinha pelo menos uns cinquenta. Parecia que estavam alucinados, e bravos. Como quem acorda fora de hora. Alguma coisa estava incomodando eles.

Antes de viajar, eu tinha jogado o *game* do Conde Drácula. Fiquei só imaginando qual daqueles cinquenta Dráculas ia chupar primeiro o meu pescoço pra beber meu sangue. Mas eles estavam mais a fim dos louva-a--deus que tinham escapado dos sapos e que, pelo visto, iam virar banquete de morcegos.

Aí eu percebi duas coisas: primeiro que eles esbarravam, às vezes, na porta e nas janelas que eu tinha fechado com o trinco. Segundo, os morcegos faziam de tudo pra nem chegar perto de mim. Quer dizer, da luz da vela que estava na minha mão.

Em menos de um segundo, juntei tudo na minha cabeça: coloquei fogo em um pedaço de papel enrolado pra ter mais luz em volta de mim. Eles fizeram mais barulho e começaram a voar mais rápido. Mais nervosos. Depois, eu abri uma das janelas e, em menos de dez segundos, o exército de Dráculas deu no pé. Eu ia fechando a janela bem rápido, mas, como já tinha parado de chover, resolvi curtir um pouco o céu. Que estava muito bonito. A lua, quase cheia. Não sei quantas mil estrelas. Os grilos fazendo uma trilha sonora bem legal. Uma constelação de vaga-lumes, igual ao pisca-pisca que fazem em um estádio com os celulares antes de começar um *show*.

E a Amazônia ficou com cara de paraíso de novo. E eu, mais tranquilo. Com menos medo. Depois de curtir um pouco aquela calma, me bateu o maior cansaço! O dia tinha sido pesado. Tudo o que eu queria era a minha cama. Que estava muito, mas muito longe. Quando eu fechei a janela, ouvi um barulho. Devia ser um bicho rondando o laboratório. Batendo os dentes, bem alto, e soltando um som. Igual ao relincho de um cavalo, só que mais baixo.

Fosse o que fosse, eu não ia fazer nada. Estava muito cansado. Até pra ter medo eu estava cansado. A vela já estava bem pequena. O som dos dentes batendo ficou mais longe. E o cansaço chegou mais perto. Bem mais perto. Os meus olhos estavam quase se fechando. Dei uma bela sacudida na rede. Ela não estava nada limpa. Estava até um pouco úmida. Mas foi lá que eu me deitei, sem tirar o tênis. Fechei todos os botões da jaqueta. Afundei o boné na cabeça. Pedi pro meu anjo da guarda ficar de plantão enquanto eu dormia. Ele disse que tudo bem. Agradeci. Apaguei a vela com um sopro. E fechei os olhos. A última imagem que eu vi antes de cair no sono foram o meu pai e a minha mãe, me dando tchau, pela porta de vidro do aeroporto.

ARANHAS VENENOSAS E FOTOS PERIGOSAS

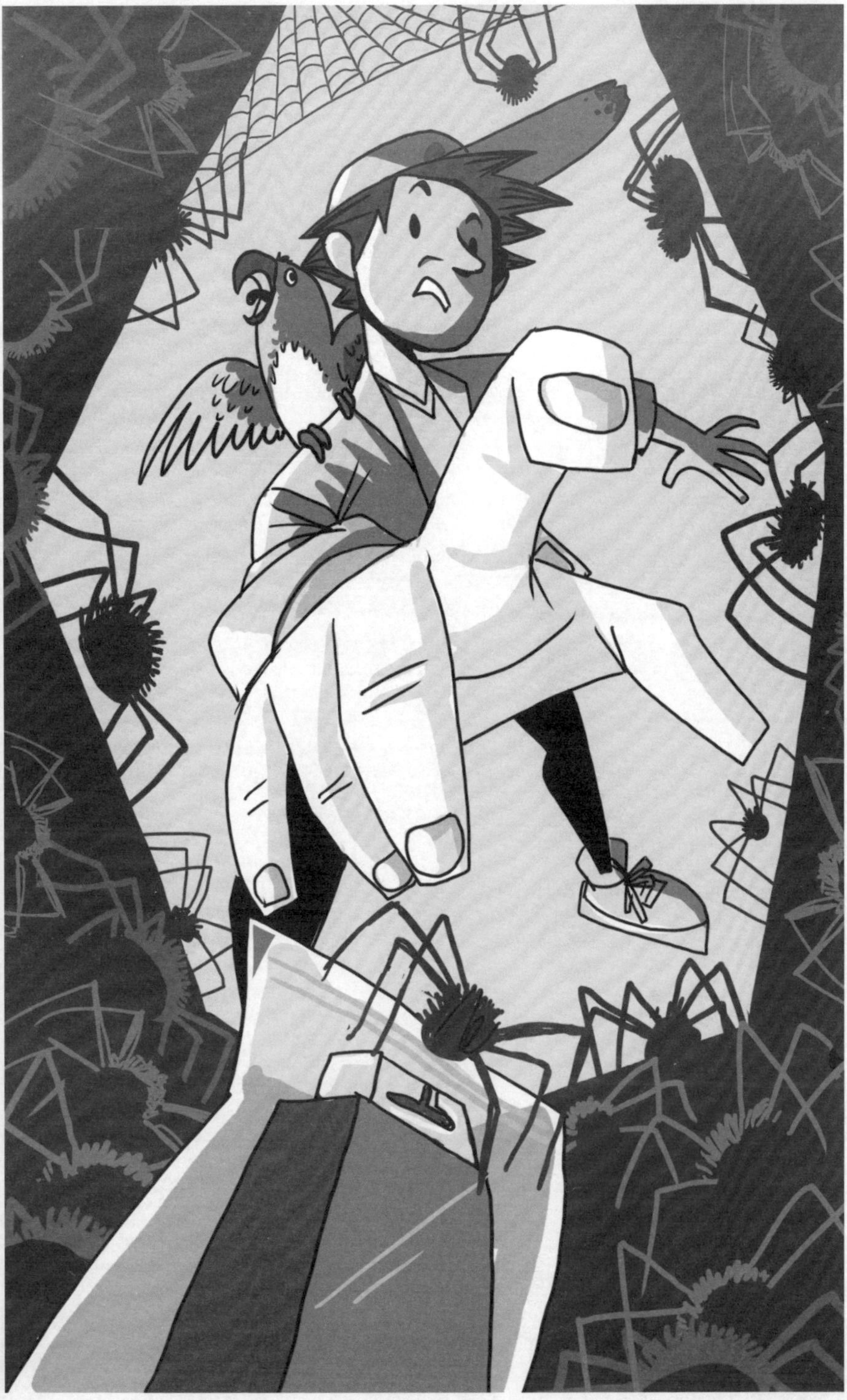

Durante a noite, um monte de vezes, eu ouvi os dentes batendo de novo. Quando já estava quase amanhecendo, foi a vez da onça. Não sei se era a mesma, mas acho que era. Ela veio, tentou abrir a porta. Não conseguiu. Arranhou a janela. Deu umas miadas meio mal-humoradas e foi procurar outro lugar pra dormir.

Depois da onça, eu já não consegui mais dormir direito. Eu estava com fome, muita fome, com vontade de fazer xixi e precisava me virar.

Pulei da rede. Abri a janela. E levei uma casca de banana na testa. O macaco-barrigudo estava ali, na varanda do laboratório, sentado e com um cacho com umas vinte bananas-nanicas perto dele.

O meu amigo barrigudo achou a maior graça do meu susto. Bateu palmas e pulou para o batente da janela com duas bananas na mão.

– Obrigado, barrigudo!

Descasquei a banana que ele me deu e comi. Estava muito boa. E olha que eu não sou muito chegado em frutas. Saí pra pegar outra banana no cacho. Quando eu me abaixei, o sacana me deu um empurrão que quase me derrubou. Ele era forte pra burro. Abriu os dentes e fez um barulho de bravo. Como eu ia dizer pra um macaco que eu ainda estava com fome? Mas não precisei dizer.

Ele me deu mais duas bananas com uma cara um pouco ciumenta. Quando eu dei a segunda mordida na banana, fiquei supercontente.

– Até que enfim, alguém pra conversar.

Foi o que eu disse para um papagaio que veio voando e se empoleirou no batente da janela. Verde, vermelho e amarelo, com um tapa-olho que protegia o olho esquerdo. Ele falou...

– Bom dia, Professor. Trabalhar, Professor Velho.

O barrigudo foi pra cima dele e, rapidinho, o papagaio-pirata pulou em uma das vigas da varanda do laboratório. Mas o barrigudo também podia pular. E ia pulando, quando eu joguei a outra banana com toda a força nas costas dele.

– Deixa quieto, barrigudo.

O pedido para deixar pra lá, ele não deve ter entendido, mas a bananada deve ter doído. Ele parou, passou a mão nas costas, fez cara de bravo, mostrou os dentes, mas me respeitou. E o papagaio repetiu...

– Bom dia, Professor Velho. Trabalhar, Professor Velho.

De cara, saquei que ele devia conhecer o Professor Velho. Perguntei...

– Cadê o Professor Velho?

Em vez de responder, o pirata só repetiu...
— Bom dia, Professor Velho. Trabalhar, Professor Velho.
Perguntei de novo. Mas o papagaio só repetia a mesma frase. Será que ele é surdo? E se os papagaios não sabem conversar, só repetir o que escutam?
Ele falou de novo...
— Trabalhar, Professor Velho. Trabalhar, Professor Velho.
... e entrou voando pela janela, pousando num dos galhos mais altos da árvore, no meio do laboratório. Achei que, de repente, ele podia me dar alguma pista. Tá certo que eu queria ir embora, sair dali. Mas eu tinha ficado muito curioso com a loirona perigosa e sua gangue. O que ela estava procurando? Será que era alguma coisa legal? E o Professor Velho? Quem era esse tal de Professor Velho? Entrei no laboratório. Abri a outra janela. Com a porta e as janelas abertas, ficou bem iluminado. Mas, mesmo assim, o macaco-barrigudo não quis saber de entrar. Ficou parado na porta. Com os olhos arregalados e um pouco de medo. Peguei a terceira banana que ele tinha me dado, tirei um pedaço da casca e coloquei a fruta no galho onde estava o pirata, pra agradar ele. Repeti, tentando imitar a voz meio desafinada dele...
— Trabalhar, Professor Velho.
Me sentei na cadeira que só tinha três pés, tomando cuidado pra não cair. Meu plano começou a dar certo. Enquanto bicava a banana, o papagaio mudou de frase.

– Pirata, Pirata. Como tá o olho, minha Pirata?
Devia ser uma frase que ele sempre ouvia... do Professor Velho. Então ele também chamava o papagaio de Pirata. E, pelo "minha", era uma fêmea. Estava tudo indo bem. A Pirata devia ter algum problema no olho. Enquanto mexia nas gavetas, eu repeti...
– Pirata. Pirata. Como tá o olho, minha Pirata?
A Pirata repetiu a minha frase e eu encontrei, em uma das gavetas, um monte de fotos e recortes de jornais, com reportagens sobre o Professor Velho. A primeira, já um pouco antiga e com o papel meio amarelado, logo no título dizia: "O grande entomólogo Professor Velho troca aulas na universidade por pesquisas na Amazônia". Tinha uma foto de um senhor, já com uns 60 anos. Magro, cabelos brancos, óculos fundo de garrafa, bigode e cavanhaque também brancos e um olhar de quem gosta de uma boa bagunça, meio parecido com o meu.
Entomólogo? Lendo um pouco o jornal aprendi que entomólogo é quem estuda os insetos. Outra reportagem dizia: "Professor Velho reclama que as verbas para a pesquisa estão atrasadas". Li um pedaço, mas não tinha nada ali que me interessasse. E a Pirata soltou outra frase...
– Começar pelos *pendrives*... psiu. Não fala alto, Pirata.
Opa! "*Pendrives*"? "Não fala alto"? Será que a Pirata estava me dando pistas? Mas, se papagaio não conversa, como é que pode dar pistas? Mas ela podia estar só falando e não dando pistas. Outra reportagem: "Família

do Professor Velho reclama de seus hábitos na floresta". E uma foto do laboratório com o Professor Velho na janela. No texto, dizia que a família estava preocupada com a saúde mental do cientista, que adotou animais selvagens. E que ele estava alimentando e cuidando de macacos, sapos, morcegos, antas, cutias e até de uma jaguatirica. Em um pedaço da página estava uma foto bem pequena da onça que eu tinha visto na noite anterior. Na verdade, não era onça, e sim uma jaguatirica, é o que dizia o jornal. Um tipo menor de felino, com alguns hábitos parecidos com os da onça. E a Pirata, devorando a banana e repetindo...

– Como tá o olho, minha Pirata? Psiu! Não fala alto, Pirata. Começar pelos *pendrives*...

"Professor Velho abandona laboratório e desaparece na floresta amazônica." Esse jornal era do ano em que eu nasci e dizia que o Professor Velho, misteriosamente, desapareceu na floresta e não tinha mais contato com a família nem com a universidade que patrocinava a pesquisa que ele estava fazendo. Lá, dizia também que iam iniciar as buscas pela floresta pra tentar achar o Professor. Um outro jornal, do mesmo ano, dizia que depois de três meses a polícia ia dar por encerradas as buscas do famoso cientista que, provavelmente, depois de ter perdido completamente o juízo, abandonou o trabalho e penetrou na floresta, onde infelizmente deve ter sido devorado por algum animal. Outra coisa que a reportagem dizia: que, quando a universidade foi retirar o material da pesquisa e os objetos do laboratório, não encontrou quase nada de valor científico entre as anotações e que a maioria dos equipamentos, como computador e radiotransmissor, tinha sido estragada pela umidade da floresta.

Espera aí: por que a loirona, depois de tanto tempo, continuava atrás do Professor Velho? Aí tinha alguma coisa... e que estava começando a me interessar!

Mas o que eu vi depois me interessou mais ainda: muitas fotos de macacos. Entre eles, o meu amigo barrigudo. E fotos de alguns outros bichos, que eu ainda não tinha tido o prazer de conhecer. Atrás de cada foto, uma anotação com caneta. Deviam ter sido feitas pelo tal Professor Velho: "Olha só a cara que a Pirata fez quando viu o Nb41". Outra foto, de um macaco, parecido com o que tinha ficado pendurado de cabeça para baixo: "O macaco-aranha foi quem me chamou a atenção pela primeira vez para o Nb41". E muitas outras. E sempre aparecia essa sigla "Nb41". Mais essa agora!

Mas o susto mesmo veio depois: uma foto do Professor Velho, vestido com avental de professor, ao lado da loirona, com a cara um pouco mais nova e muito mais normal do que quando eu tinha conhecido ela, e também vestida com avental de professora. Atrás dessa foto o Professor anotou: "A estonteante Doutora Nova, quando me visitou. Pena que meu coração já tenha dona. Pode ficar tranquila, minha Velha". Doutora Nova, hein? Quer dizer que a loirona também é cientista?

Depois, eu passei por algumas fotos do Professor Velho, no laboratório, acompanhado por um japonês, também velho, vestindo um avental e usando óculos fundo de garrafa.

Foi depois da última foto do japonês que eu vi uma coisa que me deixou gago, congelado, imóvel, com febre alta, cabelo arrepiado e mais um monte de outras manifestações naturais e sobrenaturais: uma foto do Professor Velho no meio, do lado direito o meu avô, pai do meu pai, e do lado esquerdo, a minha avó, mulher dele.

Depois do susto, esfreguei os olhos e olhei de novo. Eram eles mesmos! Meus avós abraçados com o Professor Velho em um lugar que parecia ser um aeroporto. O que eles estavam fazendo lá? Atrás da foto, só uma frase: "Lembranças familiares". Só isso? Eu queria saber mais. Revirei as outras gavetas. Os outros armários. Nada. Só restos. Formigas. Papéis velhos. Teias de aranha. Latas vazias. Nada mais. E a Pirata, lá em cima...

– Psiu! Não fala alto, Pirata. Me ajuda.

Eu tinha que tirar mais pistas desse papagaio, quer dizer, dessa "papagaia". Será que é assim que se fala? Bom, seja lá como for, ela tinha que me ajudar. Eu cheguei bem perto dela e repeti...

– Psiu! Não fala alto, Pirata. Me ajuda.

Ela deu uma última mordida na banana. A casca caiu em cima do meu boné. Eu falei de novo...

– Psiu! Não fala alto, Pirata. Me ajuda.

Ela repetiu...

– Psiu! Não fala alto, Pirata. Me ajuda.

E só. Olhei pro tronco da árvore. Eu não tinha reparado como ela, a árvore, era peluda. Pisquei e olhei um pouco melhor. Ela não era peluda. Estava coberta de aranhas. Pretas. Muito grandes. Subindo e descendo pelo tronco. Achei aquilo muito estranho. E pouco natural. Ali tinha mais coisa! Mas o quê? Repeti a frase da Pirata...

– Psiu! Não fala alto, Pirata. Me ajuda.

A sacana nem deu bola. Fiquei com a maior bronca dela e dei o maior murro no tronco da árvore, sem me importar se ela estava ou não cheia de aranhas. Algumas das peludonas até caíram no chão. E eu senti um oco na árvore. O macaco fez um barulho assustado. Olhei melhor para a árvore. Tinha uma espécie de portinhola no tronco.

Olhei pro macaco. Ele olhou pra fora, se mexeu e soltou um som. Um pouco mais aflito, como se viesse alguém. Empurrei a madeira. A portinhola se abriu. Uma parte da árvore era oca. E estava cheia de aranhas. Maiores do que as que estavam por fora do tronco. E vermelhas. Muito bonitas. Parece que elas ficaram furiosas com alguma coisa. Acho que foi com a luz. E começaram a andar dentro do oco da árvore. Esbarravam umas nas outras e soltavam uma espécie de pozinho vermelho. E o barrigudo cada vez mais aflito.

Se vinha mesmo alguém, parecia que esse alguém estava cada vez mais perto. E as aranhas na maior agitação dentro e fora da árvore. Eu estava vendo a hora que uma delas ia pular em cima de mim.

Opa! Além das aranhas vermelhas eu vi mais alguma coisa no oco da árvore: um *pendrive*. Estava embalado por um plástico fosco colado nele. Parecia uma resina. O barrigudo deu um grito. As aranhas ficaram mais nervosas. E eu também. Mas não tive dúvida: eram as pistas. Pego ou não pego? Pego. Mas e as aranhas? Se elas estavam protegendo as pistas do Professor Velho, deviam ser perigosas, como a loirona, que estava atrás das mesmas pistas. Mas eu tinha que tentar. E rápido. Enfiei a mão direita no oco da árvore, peguei a embalagem com o *pendrive*, guardei no bolso da jaqueta e ia sair correndo.

Ia! Parei na porta. Pensei. E voltei. Peguei a tampa da lata de achocolatado vazia e guardei em um dos bolsos da calça. A tampa podia ser útil para fazer sinais, se passasse algum avião. Eu tinha visto em um filme um cara chamar a atenção de um avião com sinais de espelho. Aí, sim, saí correndo, no maior pique e sem olhar por que o macaco-barrigudo estava tão assustado. Eu devia ter olhado!

# OS URUBUS

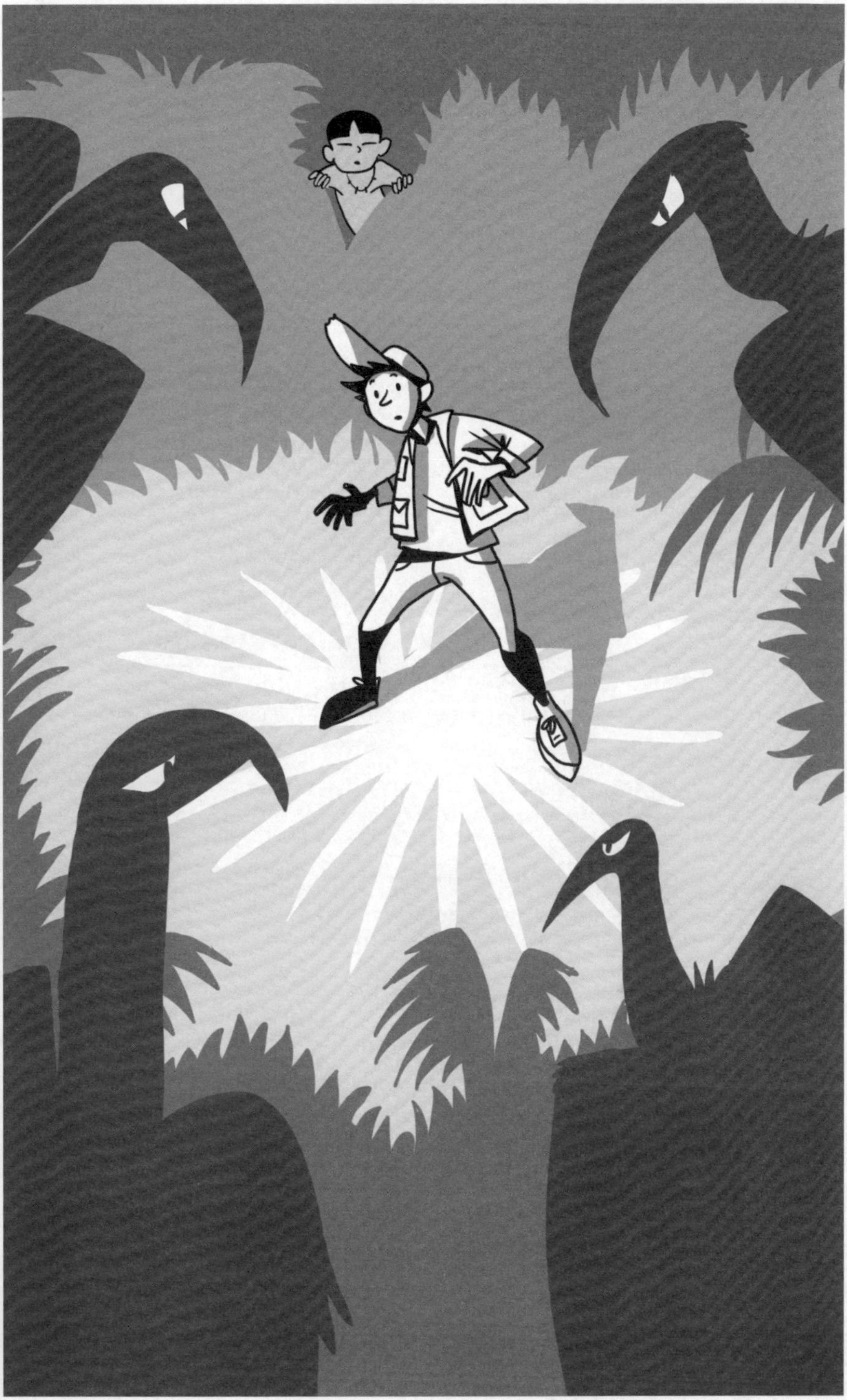

Para um garoto do meu tamanho, um metro e meio, fazer *cooper* em uma floresta como a amazônica, o cara tem que ser muito atleta. O que tem de obstáculos! A floresta, pelo menos nas partes por onde eu corri, é toda fechada. O chão é fofo demais por causa das folhas que se acumulam igual a um carpete meio molenga. As árvores são muito mais altas do que postes e o espaço entre elas, além de ser bem pequeno, é cheio de tocos e raízes.

E o calor? O ar é úmido e abafado ao mesmo tempo. Enquanto eu corria, algumas vezes, tive até que escalar as raízes pra pular do outro lado. Tinha raiz quase do meu tamanho. E umas plantas muito grandes. Com folhas muito grandes, compridas e cortantes que nasciam em volta das árvores. Isso sem falar nos espinhos. Algumas das árvores e das plantas tinham espinhos que fizeram um monte de furos na minha jaqueta e na minha calça. Um desses espinhos fez um belo e ardido arranhão na minha mão esquerda.

Quando eu saquei que só o macaco-barrigudo estava me acompanhando, eu resolvi dar uma parada. O lugar era um pouco mais aberto do que aquele por onde eu já tinha passado. Sentei numa raiz pra descansar. Eu estava transpirando muito. Me deu sede. Tentei deixar pra lá. E se eu fosse procurar água e encontrasse outro bando de insetos? Melhor dar um tempo.

Depois de alguns minutos pensei que eu era muito mais burro do que já tinha pensado. Eu corri pelo mato, sem ter ideia da direção, nem nada. Tudo o que eu sabia era que estava perto do rio Negro. Só. De onde estava, eu não saberia nem voltar para o laboratório. E lá, pelo menos, eu sabia que estava perto de um rio e, como disse meu pai, os rios sempre vão dar em algum lugar.

Alguém poderia passar por lá e me achar, sei lá. Por falar em me achar, como será que estava a minha família? Será que eles estavam me procurando? Aí, eu olhei pro barrigudo, que estava sentado numa outra raiz, perto de mim. Vi que ele segurava uma coisa com as patas: a tampa da lata de achocolatado, que devia ter caído do meu bolso durante a corrida.

– Boa, barrigudo!

Ele jogou a tampa pra mim. Peguei no ar. E aconteceu um tipo de milagre: ouvi um barulho de avião, voando baixo. Eu não ia precisar de muito tempo pra saber se esse tipo de sinal só dava certo no cinema. Quando eu ia virando a tampa pra cima, pra fazer o reflexo e tudo, parei.

Será que eu queria ir embora? Queria. Mas ainda não. Tinha algumas coisas ali que eu precisava saber. Entre elas: o que a foto dos meus avós estava fazendo no laboratório do Professor Velho? Guardei a tampa no bolso de novo e encarei o barrigudo. Por que ele tinha pegado a tampa? Será que ele era ensinado? Ou domesticado? Ou sei lá o quê? Uma coisa era certa: ele sabia como lidar com pessoas. O que mais o Professor Velho ensinou para ele?

Isso não dava pra eu saber... ainda. Minha sede bateu de novo. E só o barrigudo ia me ajudar a matar a sede. É. Era só ele também ficar com sede e eu acompanhar ele, pra ver como um macaco ia fazer pra conseguir água. Ou macacos não sentem sede? Claro que sentem. Lembrei das pistas. Peguei o *pendrive*. Eu tinha que abrir aquela embalagem de plástico. Como? Com a ponta de um espinho, óbvio. Eu estava indo pegar um espinho quando vi a primeira borboleta. Azul bem vivo. Brilhante. Voando devagar. Passeando. Ela era do tamanho das minhas duas mãos juntas. Não, um pouco maior.

Como era bonita! Tentei me aproximar, mas ela se afastou. Tentei de novo. Ela voou mais alto. Mas não fugiu. O barrigudo deu um pulo, tentando pegar ela no alto. A borboleta voou um pouco mais alto, pra se proteger. E ficou parada num galho de árvore. Aí apareceram as outras borboletas. Um pouco menores. Amarelas. Umas dez borboletas. Voando mais rápido do que a azul lindona. Parecia que elas estavam com um pouco de pressa. Um segundo depois passaram mais umas vinte. Da mesma cor e tamanho. Como se estivessem indo atrás das primeiras. E eu ouvi um barulho forte. Achei que eram asas de morcegos. Não eram. Pelo mesmo caminho das outras, apareceram muitas, mas muitas borboletas. Amarelas. Voando tranquilas. Era uma coisa linda. Eu e o barrigudo ficamos quietos. Com a cabeça virada pra cima. Só olhando aquela nuvem passar. Uma nuvem sem-fim. Que de repente virou um céu inteiro. Amarelo. Vivo. Móvel. Que não acabava nunca. Parecia que eu estava num cinema 360 graus. Mas era ao vivo. E em cores. Sem efeitos especiais nem nada.

    Era coisa mais bonita que eu já tinha visto! E uma coisa tão simples: borboletas amarelas voando. Fiquei muito feliz com aquilo. E descansado. Nem parecia mais que eu tinha corrido umas duas horas sem parar. Nem parecia que eu estava todo sujo, suado, com a roupa cheia de furos e perdido na Amazônia.

    Depois de não sei quanto tempo, escutei passos correndo. Olhei. O barrigudo também olhou. Um menino apareceu correndo e rindo alto. Viu a gente. E parou. Ficou quieto e fez cara de susto. Um índio. Pelado. Bem moreno. Cabelo escuro e meio comprido, parecido com o meu. Do meu tamanho. Nós dois de pé. Um olhando pro outro. O barrigudo sentado no galho. Os três quietos. E as borboletas fazendo um céu amarelo em cima da cabeça da gente. O menino tinha pintas no peito, nas costas das mãos, nas coxas, no queixo, na testa e nas bochechas. Como as pintas de uma onça. Só que vermelhas. E um dente grande

pendurado no pescoço por um cordão. Depois de um tempo, ele falou...
— Panapanã.
O que é que eu tinha que fazer? Ali era a casa dele, repeti o que o cara tinha falado...
— Panapanã.
Acho que ele achou que eu tinha entendido, desmanchou a cara de susto e disse...
— Tutu.
E eu...
— Tutu.
Ele fez cara de bravo. Não era pra eu repetir "tutu"? Gol contra. Tentei corrigir...
— Panapanã.
Ele deu outro sorriso e olhou pro alto.
— Panapanã.
Acho que tinha empatado. Ele me olhou de novo. Não pra mim, pro meu boné.
— Tutu.
Eu não disse nada. Ele gostou do meu silêncio. E olhou pro barrigudo, que mostrou os dentes e fez um barulho. Eu me lembrei da borboleta azul, estacionada no galho, apontei pra ela devagar pra não assustar o cara e falei...
— Panapanã.
Ele fez cara de quem não entendeu. Olhou pra borboleta azul, gostou e chegou bem perto dela. Devagar. Eu também me aproximei. E nós ficamos um do lado do outro. Ele olhou de novo pro meu boné.

— Tutu.

Acho que ele não era exatamente um roqueiro, mas o cara tinha gostado do meu boné. Será que, se eu desse o boné pra ele, o menino-índio me ajudaria? Mas como, se a gente não estava se entendendo? Tirei o boné da cabeça. Ele arregalou os olhos. Tinha gostado. Eu disse "Panapanã" de novo. Ele riu de mim. Não gostei.

— Ah, é?

Um pouco aborrecido, coloquei o boné na cabeça de novo. E quem fez cara de mais aborrecido foi o menino-índio, que falou, meio bravo...

— Tutu.

E saiu correndo. Na direção para onde tinham ido as borboletas.

— Ei, vem cá. Eu te dou o boné.

Mas é óbvio que o menino-índio não entendeu. Nem voltou. Olhei para o alto. O amarelo foi sumindo. O barulho de asas também. Tinha acabado o desfile de borboletas. Ainda bem que eu não entreguei o boné pra ele, poderia ter levado um cocô de urubu na cabeça. É. Logo depois das borboletas amarelas, apareceram cinco urubus. Muito interessantes. Voando devagar. Fazendo uma espécie de círculo no ar. E pararam em galhos ali por perto. De cara, eu fiquei com um pouco de nojo e medo. Será que eles estavam a fim de me devorar?

Mas logo lembrei que eles só comem carniça, quer dizer, restos de bichos mortos. E, por enquanto, eu estava bem vivo. Pensei que, pelo que eles comem, deviam ser um pouco sujos. Mas eram bem bonitos aqueles urubus. E ficaram me olhando. Bem pretos, com as pontas das asas brancas e a cabeça quase toda careca. O que eles queriam? O barrigudo deu uns resmungos, mas deixou os urubus quietos.

– Nossa! Meu espanto foi porque eu percebi que não dava mais para ver o sol e a luminosidade estava diminuindo muito rápido! Quantas horas eu fiquei assistindo ao filme das borboletas? Aquilo é que era longa-metragem!

Então me lembrei do *pendrive*. Encontrei um galho com espinhos bem grandes e firmes. Tinha que pegar com cuidado, pra não me machucar. Podia até ser um espinho venenoso, sei lá.

Me abaixei pra pegar o espinho e senti os primeiros pingos. Desta vez ela veio sem barulho. Uma chuva. E das fortes. O barrigudo se escondeu debaixo de um galho. Mas eu não cabia ali. Os urubus se encolheram um pouco, e o galho de cima ao que eles estavam servia de abrigo. Só eu debaixo daquela chuva. Que escorreu pelo meu rosto. Entrou pelos cantos da minha boca. E a sede de um dia inteiro a seco voltou com tudo. Eu abri a boca e deixei a chuva entrar. Que delícia! Fresquinha.

Naquela hora, foi muito melhor do que qualquer *milk- -shake*. A pancada de chuva não durou muito tempo. Fiquei encharcado. Assim que parou de chover totalmente, os meus amigos urubus levantaram voo. Tão devagar quanto tinham aparecido. Ainda bem que eu não tinha aberto a embalagem do *pendrive* antes da chuva. Com aquela água toda, podia ser que danificasse os dados. Se bem que eu ainda não tinha a menor ideia de onde ver os dados, mas...

Enquanto eu pensava nisso, o barrigudo deu um grito, fez outros barulhos e, um pouco aflito, sumiu para os galhos mais altos da árvore. Não entendi. Quer dizer, não dei muita atenção. Devia ser outra brincadeira do cara, quer dizer, do macaco.

Agora estava começando a escurecer de verdade. Será que era por isso que o barrigudo estava ficando tão aflito? Eu tinha que me virar! Mas, antes de sair andando, resolvi pegar um daqueles espinhos grandes que eu tinha visto, para tentar fazer um buraco na embalagem de plástico. Nem percebi que a águia da loirona tinha chegado e, bem quietinha, pousou no mesmo galho onde antes estava a borboleta azul.

Só vi as quatro morenas depois de ter desmanchado totalmente a embalagem do *pendrive*. Elas apareceram por trás das árvores. Os arcos e as flechas estavam guardados, pendurados ao corpo. Elas não tinham tochas nas mãos. Mas as caras continuavam de selvagens, e o olhar delas parecia que ia me queimar. Faltava a chefe. E ela? Pensei rápido: não podia deixar que elas pegassem o *pendrive*. Guardei o *pendrive* no bolso, mas percebi que era tarde. Elas já tinham visto.

Uma das morenas, a mesma que tinha tentado me queimar na noite passada, com a maior calma e com cara de quem tinha visto alguém acabar de fazer uma grande bobagem, chegou perto de mim e me encarou.

– Vem com a gente.

E eu fui.

NAS GARRAS DA DOUTORA NOVA

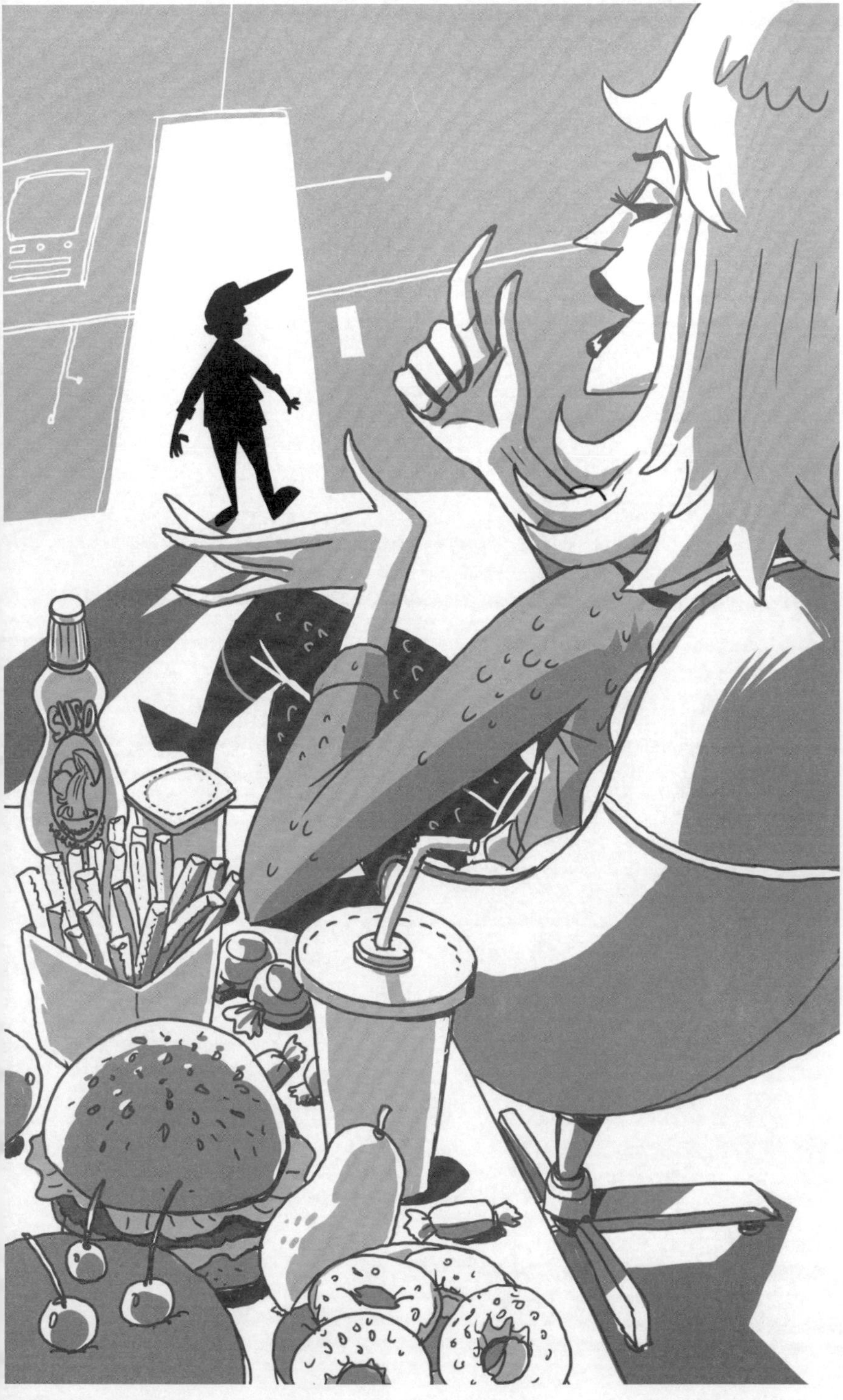
SUCO

Cinco estrelas o laboratório da Doutora Nova. Alta tecnologia no meio da floresta. Só controle remoto eu vi pelo menos oito. Tinha um monte de computadores de última geração, com tela de cristal líquido, ligados pela internet a outros lugares do mundo. Uma parede cheia de monitores de TV, mostrando imagens captadas por câmeras ligadas em vários pontos da floresta. Uma das TVs mostrava o laboratório do Professor Velho por fora. Outra TV mostrava o laboratório por dentro. Quer dizer, a Doutora Nova viu tudo o que aconteceu lá comigo. Um outro aparelho de TV mostrava cenas de uma tribo que... mas, espera aí, estou pulando uma parte: o caminho.

De onde elas me encontraram, nós andamos um tempão. Ficou de noite. Mas as morenas nem deram bola. Seguiram andando, como se estivessem superacostumadas a fazer aquele trajeto. A lua estava praticamente cheia, faltava só um pedacinho. Junto com as estrelas, ela ajudava a iluminar o caminho. Um caminho superperigoso. Subimos e descemos um monte de vezes. Andamos na beira de precipícios. Atravessamos rios. Tá certo que nenhum deles era muito fundo, mas eram rios.

E nada assustava ou parava as morenas. A águia da Doutora Nova voava baixo, acompanhando a gente. Eu estava com a maior fome e me cansei logo. Mas elas pareciam robôs. Teve uma hora que eu quis parar. Uma delas ameaçou me dar um tapa e eu continuei andando. Até que nós chegamos a uma caverna escondida no meio das árvores. Eu e as quatro morenas entramos na caverna.

A águia sumiu, voando mais alto. Muito escuro lá dentro. No fundo de um tipo de corredor, tinha uma luz vermelha em cima de uma porta de aço.

Aquela que tinha ameaçado me dar o tapa tirou um cartão magnético de um dos bolsos e o colocou em um pequeno buraco que eu não tinha visto. O cartão foi engolido. A luz ficou verde. E a porta se abriu. Entramos. Três morenas sumiram no escuro. Só uma entrou comigo em um outro corredor escuro e bem comprido. Outra porta de aço com luz vermelha. Outro cartão. Luz verde de novo. A morena parou na porta e me empurrou para dentro do laboratório da Doutora Nova, aquele cinco estrelas que eu falei no começo.

A porta de aço se fechou atrás de mim e eu não vi mais a morena. Mas lá estava ela, a Doutora Nova, com as botas de pele em cima de uma mesa também de aço. Ela falava em um telefone celular. O idioma eu não sei qual era, nunca tinha ouvido aquelas palavras. A Doutora Nova me apontou uma cadeira, na ponta da mesa, onde estava servido um lanche. Quer dizer, um superlanche! Três caixinhas de hambúrguer com queijo derretido e ainda saindo fumaça. Três pacotes de batatas fritas. Grandes. Gigantes! Duas garrafas de dois litros do meu refrigerante preferido, supergeladas. Dois *milk-shakes*, um de chocolate e o outro de morango. Um pacote grande dos chocolates que eu ADORO! Chicletes de melancia. Coxinhas de galinha. Bolo de chocolate. Torta de morango. Musse de chocolate. Brigadeiros. E mais um monte de doces, bolos e tudo o que a espertinha da Doutora Nova pensou que pudesse agradar a um garoto como eu.

E acertou em cheio! Mas e se estiver tudo envenenado? Só comendo pra saber. É, eu ia ter que fazer esse sacrifício! Sentei na mesa e comecei a comer, enquanto a Doutora Nova terminava o papo no celular.

Torci para que durasse umas dez horas. Eu estava bastante mal-intencionado com aquela mesa. Queria devorar tudo. Quando terminei o segundo hambúrguer e estava no meio do segundo saco de batatas fritas, a águia da Doutora Nova apareceu de novo e pousou em uma das outras cadeiras.

Ela grudou os olhos em mim. Como era bonito aquele bicho! Continuei mastigando as batatas, mas também grudei os olhos nos olhos da águia. Eu sei que não adiantava muito, mas eu queria estar preparado se ela resolvesse me atacar. Será que ela é mesmo uma águia? Será que no Brasil tem águias? Opa, o que era aquilo nas patas da águia? Em cada pata, um anel de aço com uma pedra vermelha. Não, não era uma pedra. Era uma luzinha vermelha. Cheguei mais perto, pra ver melhor. A

Doutora Nova, que tinha terminado a ligação, percebeu que eu estava interessado.

— São sensores. Pra captar os sons e o rastro dela pela floresta.

A loirona perigosa apertou um botão em um dos controles remotos e abriu o pedaço de uma parede, onde apareceu um painel com um mapa. Era um mapa bem moderno. Parecia uma tela gigante de computador. Em cima do mapa, sinais luminosos de várias cores não paravam de piscar.

E a Doutora Nova, com a maior cara de orgulhosa, disse...

— Eu controlo tudo por esse mapa, Dan.

Dan? Como ela sabia o meu nome? Achei melhor não perguntar. Ela chegou mais perto, guardando o telefone em um dos bolsos. Quando eu ia me levantando...

— Pode ficar sentado. Termine de comer.

— Eu já terminei. Obrigado.

A Doutora Nova estendeu a mão pra mim, como se pedisse alguma coisa. Fiz cara de bobo.

— Me dá o *pendrive*.

— Mas eu...

— Vamos ganhar tempo, garoto.

Ela acionou o controle remoto e, em uma das telas de TV, eu apareci. Bem naquela hora em que eu estava tirando o *pendrive* da árvore. Fiz cara de perdedor e entreguei o que ela estava pedindo.

— Venha comigo.

Ela disse "venha comigo" e foi até o painel de TVs. Fui junto. Ela apertou outro botão, de um outro controle remoto, e deu um *close* na árvore, no lugar onde eu tinha achado as pistas que ela queria. Outro controle. Outro botão. Outro *close*. Dentro do buraco da árvore. As aranhas vermelhas apareceram. Ela me olhou intrigada.

– As caranguejeiras pretas não são venenosas. Mas as vermelhas são perigosíssimas. Você poderia ter morrido, sabia?

Eu aqui, otário, disse...

– Óbvio.

Ela pensou alguma coisa, arregalou os olhos e voltou um pouco a imagem. Até a cena em que eu via as fotos. E fez outro *close*, desta vez da minha cara de surpresa.

– O que é que você viu?

Pensei rápido.

– Um japonês.

– É pra ele que você está trabalhando?

Eu precisava ganhar mais tempo, pra pensar em alguma coisa e explicar o que nem eu estava entendendo muito bem.

– Isso aqui não é filme, não, Doutora Nova. Eu não trabalho pra ninguém. Quem é que ia pagar a um garoto da minha idade pra trabalhar?

– Alguém que precisasse de coragem, energia e disfarce. Você é muito esperto e corajoso.

– Mas é por acaso. Posso usar seu telefone um momento? Eu ligo a cobrar.

A Doutora Nova fez cara de quem não tinha entendido.

– É que os meus pais devem estar superpreocupados comigo.

Silêncio da Doutora Nova. Eu continuei...

– Eu já disse: estou aqui por engano. Eu ia me encontrar com o meu avô em Manaus... íamos passar uma semana no Jungle Dream Hotel. Mas eu embarquei com a pessoa errada. Escapei de morrer, por acaso. Encontrei o laboratório e a senhora, por acaso. E tudo o que eu quero é voltar pra minha casa. Juro. Eu só quero ir embora. Por favor!

A Doutora Nova pensou em mais alguma coisa e falou...

– Antes, vamos ver o que tem nesse *pendrive*.

Ela fez um sinal pra irmos pra mesa de novo. Sentamos. E a Doutora Nova continuou...

– O Professor Velho foi bem esperto protegendo esse material com borracha de seringueira... é impermeável.

Quando ela estava colocando o *pendrive* na saída USB do computador eu disse...

– Não me mostra o que tem aí, por favor.

Ela me olhou confusa.

– Se a senhora me mostrar, eu vou saber o que a senhora está procurando; e aí a senhora vai achar que eu posso contar pra alguém... e não vai me deixar escapar vivo...

Ela olhou para a mesa e olhou pra mim, de novo.

– "Vivo" você já não vai escapar, garoto... Abra a palma da sua mão.

Não entendi o pedido, mas abri a mão direita. A Doutora Nova tirou do bolso do casaco uma caixinha de ouro, menor do que uma caixa de fósforos. Ela abriu a caixinha e virou o que estava dentro na palma da minha mão.

– Fecha a mão, rápido.

Fechei. E senti alguma coisa andando. Mais do que alguma coisa. Algumas coisas.

– Você sobreviveu muito bem às cobras, aranhas, aos sapos, à jaguatirica... até a minha harpia...

Quando ela disse "harpia", apontou para a águia. O nome da ave não era águia, e sim harpia. Oba! Tinha aprendido mais uma. E a Doutora continuou...

– Mas desse meu presente você não vai escapar.

– O que a senhora colocou na minha mão?

– Três tocandiras. São formigas venenosas. Cabe na palma de sua pequena mão um dos poucos perigos que podem matar na floresta. E, pelo seu tamanho, pela quantidade de sangue que tem no seu corpo, não será preciso mais do que uma picada. Depois que sentir a primeira picada, pode começar a contagem regressiva. Ainda mais de barriga cheia, como você está agora.

Fiz cara de medo, óbvio. Ela percebeu, óbvio. E soltou uma gargalhada. Pensei: "fácil!". Vou abrir a mão e deixar as formigas escaparem. Tentei. Mas, quando ela percebeu, fez um barulho, como se fosse um código e a harpia veio pra cima de mim.

– Não, por favor. Eu fico com a mão fechada.

A cientista maluca ficou com a cara muito mais séria. A harpia voltou à posição onde estava. E a Doutora Nova deu mais uma risada bem diabólica.

– Você tem até a primeira picada pra passar pro meu lado, Dan.

– Mas eu não estou de lado nenhum.

Claro que ela não acreditou e finalmente conectou o *pendrive* na saída USB. Fiquei imóvel, pra não facilitar as coisas pras formigas. Tentei fechar um pouco mais a mão, sem ela perceber. Talvez eu conseguisse matar as formigas asfixiadas. Não sei se daria certo, mas não custava tentar. Pelo menos até eu encontrar uma outra saída. Apareceram em uma das telas de TV a cara e a voz do Professor Velho.

"Vamos começar nosso arquivo pelas libélulas..." Foi quando o Professor Velho disse "libélula", na TV, que eu senti a picada, na palma da mão, perto do dedinho. Uma picada forte. Doeu pra burro. Mas eu não me mexi. Só disse "ai". A Doutora me olhou, deu uma risada e voltou a prestar atenção na tela da TV. E eu, imóvel, só ouvindo o Professor Velho falar sobre insetos, que se alimentam de borrachudos e que alimentam o louva-a-deus... A Doutora Nova logo se irritou. Parece que o *pendrive* não era exatamente o que ela esperava. E eu só esperando a segunda picada... e começando a sentir tontura.

A Doutora Nova falou...

– Libélulas! Libélulas! Se esse velho pensa que vai me enganar com libélulas...

Ela adiantou a imagem e se irritou mais ainda. O Professor Velho falava sobre o louva-a-deus, que finge que está rezando pra atrair as presas com mais facilidade.

– E quem quer saber de louva-a-deus? Nióbio, Professor Velho! É sobre ele que você tem que falar.

Nióbio? O que será isso? Me lembrei do Nb41, escrito atrás das fotos. Será que tinha alguma coisa a ver? Talvez. Mas o quê? Foi aí que eu vi uma das formigas saindo pelo cantinho da minha mão. Saiu e morreu em cima da mesa. A formiga era muito grande e escura. Não sei o que isso significava. A tontura que eu sentia não era muito forte. Mas eu exagerei um pouco. E fiz cara de quem está ficando muito zonzo e não só um pouco zonzo, como eu realmente estava ficando. Isso me animou. E me deu outra ideia!

– Aaai...

Eu fiz "Aaai"... como se tivesse levado outra picada. A Doutora Nova também se animou. Mas logo voltou a se irritar. Aquele vídeo não tinha as pistas que ela queria.

– Tem que estar aqui... tem que estar em algum lugar...

Ela fechou o vídeo e abriu uma lista com mais dois arquivos que tinha no *pendrive*. Foi nessa hora que eu comecei a transpirar. Senti um pouco de vontade de vomitar. Será que era o veneno fazendo efeito? A tontura estava aumentando.

Coloquei os cotovelos sobre a mesa e apoiei a cabeça nas mãos. Continuei com a mão direita fechada.

A Doutora não deu bola pra mim. Começou a rodar um outro arquivo de texto, com o Professor Velho falando sobre os hábitos dos insetos.

– Insetos, insetos e mais insetos! Duvido que o Professor Velho não saiba nada sobre o nióbio.

Minha voz foi ficando mole. Mas eu ainda consegui falar...

– Eu tenho um jeito para atrair o Professor Velho.

A cientista maluca me olhou desconfiada, mas interessada. E eu...

– É só a senhora me usar como isca.

Oba! Meu plano estava dando certo. Eu aproveitei a cara de interrogação da Doutora Nova...

– O que é que lhe garante, garoto?

– Por mais interesse que tenha no nióbio, o Professor Velho não vai deixar o seu único bisneto morrer sozinho no meio da floresta amazônica... ou vai?

A Doutora Nova pensou em alguma coisa e, pelo olhar que ela fez, alguma coisa bem terrível.

– Bisavô?

– A senhora pode não acreditar, mas é verdade, e a senhora não tem nada a perder. Eu vou morrer de qualquer jeito. Mas, antes, ainda posso servir de isca. Se o meu bisavô não aparecer, o máximo que vai acontecer é eu virar carniça para os urubus.

Ela gostou de eu ter me considerado carniça.

– É claro que você espera escapar, Dan. Mas a sua ideia pode ser útil.

Aí, a minha vista ficou embaralhada. Enquanto ela terminava de pensar, eu virei um copo de refrigerante. Depois, virei mais dois. Parece que com a bebida eu melhorei um pouco. Mas não deixei a Doutora perceber. A luz da porta ficou verde. Nós passamos. Atravessamos o corredor. A tontura tinha aumentado. Minha cabeça começou a doer. Eu fiquei meio grogue. A luz da outra porta também ficou verde. Nós atravessamos a porta e a Doutora Nova me parou e tirou do bolso um sensor, parecido com os que estavam presos nas patas da harpia.

Ela acionou um botão minúsculo, que acendeu uma luzinha vermelha no sensor, prendeu ele por dentro do bolso da minha jaqueta, do lado esquerdo, e falou bem devagar...

– Pronto! Agora eu vou saber exatamente onde você vai estar e o que estará falando. Se tentar alguma coisa, Dan, eu mato você. Embora o efeito do meu veneno seja mais rápido do que o das tocandiras, você vai sofrer mais. Eu sou muito pior do que as formigas.

A Doutora Nova me empurrou pra fora. E disse, no meio de uma gargalhada...

– Agora você pode abrir a mão.

Eu abri e as duas formigas, que estavam mortas, caíram no chão. A porta se fechou atrás de mim. O ar da noite me deu um pouco de energia. Mas pouco. Saí cambaleando pela floresta, pensando naquele nome: nióbio.

OS ESTRANHOS ÍNDIOS

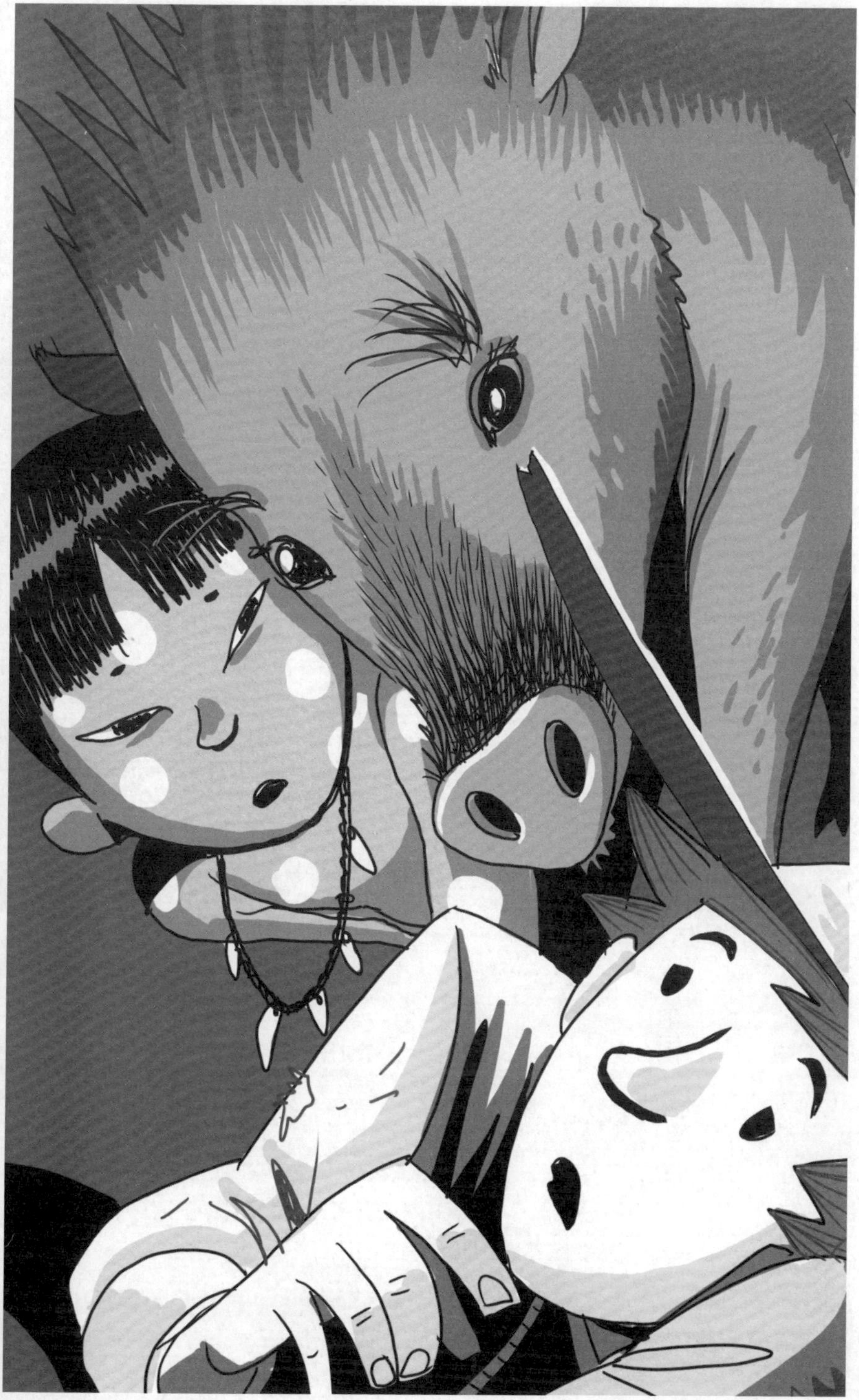

Depois de um tempo, apesar da minha vista estar um pouco embaralhada, me acostumei a andar no escuro. Eu não ia muito rápido, por causa da tontura. Mas ia. Para a frente. Transpirando. Arranhando ainda mais a minha roupa nos espinhos das árvores. Minha mão, a que tinha levado a picada, doía pra burro. Fui ouvindo um monte de sons assustadores. Urros. Uivos. Grunhidos. Roncos. Dentes batendo. Miados. E outros barulhos que eu nem sei o nome. Não sei se eu já não estava ouvindo bem, mas parecia que aqueles barulhos faziam eco. Pra assustar. Como aquelas vozes de filme de terror. É. A Amazônia, que eu tinha achado um paraíso, virou um filme de terror. Eu olhava pra trás. Pra cima. Pros lados. E não via nada. Só ouvia os barulhos da noite. Me sentia muito quente. Mas suava frio. O suor começou a escorrer pelo meu rosto. Minha camiseta, minha cueca e minhas meias ficaram totalmente molhadas. Estava cada vez mais pesado pra andar. Me joguei no chão, pra descansar um pouco.

    Comecei a ouvir o barulho dos dentes batendo de novo. Cada vez mais forte. E mais rápido. Dei uma espiada, e nada. Mas era melhor não vacilar. Me levantei e continuei andando. Com mais dificuldade, porque a minha roupa tinha ficado suja de barro. Mesmo estando com a barriga cheia, eu me sentia muito fraco. E delirava...

– Nióbio... nióbio...

O que será isso? Por causa do nióbio meu bisa tinha sumido. Por causa do nióbio a Doutora Nova estava atrás do meu bisa, na floresta, superbem equipada. E pior: por causa do nióbio, eu ia morrer.

– Bisa... bisa... aparece...

Mas que nada. Se o tal do meu bisavô estava vivo, ele não estava nem aí pra mim. Senti um pingo. Grosso. E logo caiu uma pancada de chuva. Como as outras: pesada e rápida. Encostei em uma raiz de árvore pra tentar me proteger. Não adiantou nada. Tomei toda a chuva. Que entrava pelos buracos que os espinhos tinham feito na minha roupa.

Por um lado, a chuva até que ajudou. Me deu certa animada. Mas, com o caminho encharcado, ficou muito mais difícil pra andar. Eu estava totalmente molhado, cheio de lama, mas não dava pra parar.

A tontura ficou mais forte. E minha mão, além de doer, também estava latejando. Foi aí que a floresta deu um *looping* em volta de mim. E eu caí de boca em uma poça de lama. Levantei logo o rosto pra não me afogar. E só. Não consegui mexer nem mais um músculo. Eu estava praticamente imóvel.

"Imóvel", por fora. Por dentro, eu parecia um vulcão. O sangue devia estar a uns quinhentos quilômetros por hora, em pista acidentada. Coração: setecentas batidas por minuto. Tudo doía. Muito. E a mão direita, mais do que tudo. Forno misturado com *freezer*. Febre misturada com frio. Risada misturada com choro. Medo misturado com mais medo. E mais medo. E mais um *looping* da floresta em volta de mim. E mais grunhidos. Rugidos. Miados. Assobios. E um som parecido com a batida de um tambor. E os meus olhos, que estavam quase se fechando, fecharam mesmo.

Eu só ouvia. E ouvi os dentes batendo. Cada vez mais forte. Cada vez mais perto. E mais rápido. E passos que, quando chegaram perto, ficaram mais lentos. E os dentes batendo... Mesmo com medo, tentei abrir os olhos. Não consegui. Ouvi uma espécie de ronco. Era um bicho. Fungando perto de mim. Me cutucando com o focinho.

Quando ele chegou perto do meu pescoço, senti um ar quente, um bafo não muito agradável. O focinho tinha pelos. Consegui abrir um pouco os olhos. Vi as quatro patas. Finas. Escuras. Peludas. Levantei os olhos. O bicho era grande. Tinha o formato de um porco. Mas era maior. E muito peludo. Pelo escuro. Focinho comprido e com dois dentes, da arcada de baixo, pra fora. Será que ele gosta de gente?

— *Tutu.*

O bicho fala? Não. O som não saiu da boca dele. Nem da minha. Duas pernas finas apareceram em frente aos meus olhos, do lado do bicho peludo. Olhei um pouco mais pra cima. E o menino-índio falou de novo...

— *Tutu*.
Será que era o mesmo? Não parecia. Era um pouco maior que eu. Mas tinha as mesmas pintas vermelhas do corpo. Achei melhor não responder, pra não assustar ele. Ouvi um "*tutu*" diferente. Vi mais duas pernas. Outro menino. Esse, sim, do meu tamanho. Reconheci no ato: era o mesmo de antes.

Ele apontou pro meu boné, repetiu o "*tutu*" e disse mais alguma coisa. O outro menino-índio respondeu, só que eu não entendi nada. Os dois pensaram um pouco e disseram mais duas frases cada um. O do meu tamanho ficou meio bravo e saiu andando. O menino-índio que ficou me ergueu do chão e me colocou em cima do bicho peludo. O bicho deu uma arriada, mas logo se acostumou com o meu peso.

E lá fomos nós: eu em cima do bicho e o menino-índio do lado, como se guiasse o porcão. Não andamos muito e logo chegamos a uma cabana. O menino-índio que tinha me levado até lá me tirou de cima do bicho e me colocou no chão. O porcão saiu correndo pro mato.

Continuava difícil abrir os olhos. Mas, fazendo um pouco de força, eu consegui ver algumas coisas: o menino-índio do meu tamanho falando com uma mulher-índia, que devia ser a mãe deles, e um homem-índio, que devia ser o pai. Os dois também tinham os corpos pintados, mas não estavam totalmente nus. Vestiam tangas que cobriam a parte de baixo. Vi também duas meninas-índias, menores do que os meninos, nuas e com os corpos pintados. Ouvi um nenê chorando. Por último, vi um índio velho, sentado numa rede, com uma faca na mão, fazendo um tipo de escultura em um pedaço de madeira.

Todos tinham dentes grandes pendurados no pescoço. O menino-índio maior do que eu foi até o pai-índio e falou umas três palavras. O outro menino, que estava perto da mãe-índia, resmungou. E a mãe-índia disse alguma coisa pro pai-índio, do mesmo jeito que o menino do meu tamanho tinha falado, como se estivesse resmungando.

Será que o menino-índio do meu tamanho tinha ficado bravo comigo por causa do boné? Não tive dúvida: tirei o boné da cabeça e tentei jogar na direção dele. Tentei. Mas o boné caiu perto de mim. Eu estava muito fraco. Mais do que depressa, o menino-índio que tinha me levado até lá pegou o boné e colocou na cabeça. O menino-índio do meu tamanho, mais uma vez, resmungou e saiu pro mato. Foi aí que eu percebi que não era uma aldeia. Não tinha outras cabanas por perto. E aquela também não era bem uma casa.

Parecia mais uma varanda grande. Iluminada por uma fogueira. Só tinha uma parede de madeira. O telhado era de palha, segurado por algumas vigas de tronco de árvore, onde as redes estavam penduradas. Tinha algumas panelas de barro em um canto. Um cesto de palha cheio de bananas, mamões e outras frutas que eu não sei o nome.

Três bichos parecidos com cachorros grandes estavam dormindo de um lado. Dois periquitos, um verde e outro amarelo, estavam apoiados em uma das vigas. Em uma outra viga tinha uma coruja. Um macaco pequeno e marrom estava no chão, perto das meninas. E só. Pelo menos ali do chão, eu não consegui ver mais nada.

    E eu? Ninguém ia fazer nada comigo? Iam: o pai-índio chegou mais perto. O menino-índio de boné veio junto. Depois, chegou a mãe-índia e as duas meninas-índias. Eles ficaram me olhando um tempão.

    Eu já tinha resolvido não dizer nada. Pra não ofender mais ninguém. E por causa do sensor. Mas tinha que fazer alguma coisa. Mostrei a palma da minha mão inchada. Todo mundo arregalou um pouco os olhos. As meninas saíram de perto. O pai-índio falou alguma coisa ao menino-índio, que, na hora, jogou o meu boné no chão, com a maior cara de medo.

    Aí, a mãe-índia saiu de perto. E voltou com um facão. Ela entregou o facão ao pai-índio e saiu de perto de novo. Pronto! Tinha chegado a minha hora...

    Mas, em vez de me cortar em pedacinhos, o pai-índio se ajoelhou. A mãe-índia voltou com uma espécie de tigela de barro cheia de água. Ela segurava a tigela com um pano, devia estar quente. Ela deixou a tigela no chão e saiu de novo.

    O pai-índio pegou a minha mão e ficou olhando, como quem procura alguma coisa. Senti ele passar o dedo várias vezes no lugar da picada. A mãe-índia voltou com algumas folhas. Colocou as folhas na água e saiu de novo. O menino-índio segurou o meu braço, enquanto o pai dele, com a ponta da faca, tirou um negócio que estava enfiado na minha mão. Doeu pra burro. Mas eu só gemi, não falei nada. O pai-índio colocou o que ele tinha tirado da minha mão ao meu lado. Parecia um espinho grande. O pai-índio fez outro pequeno rasgo na minha mão, mais perto do punho, e tirou outro pedaço de espinho. Bom, ele fez isso umas seis vezes. E depois foi colocando as folhas molhadas em cima dos machucados. E eu comecei a sentir um pequeno alívio.

    A mãe-índia voltou. Dessa vez, com uma caneca de barro, sem alça, desenhada com as mesmas pintas vermelhas que eles tinham no corpo. Ela me entregou a caneca, mas eu só segurei. Não consegui levar até a boca. O menino-índio foi quem me ajudou a beber. Um tipo de chá. Muito forte. E sem nenhum açúcar. Foi aí que eu vi que ele estava com o meu boné de novo e sem nenhuma cara de susto. Dei uma risadinha pra ele. O menino-índio devolveu a risada. E ajeitou melhor o boné na cabeça. Um pouco antes de cair no sono, senti o pai-índio tirar minha jaqueta, meu tênis, minha calça e me colocar em uma das redes, só de cueca, meia e camiseta.

    Quando me acordaram, de manhã, minha cabeça e meu corpo ainda doíam, mas menos. E minha mão tinha desinchado. Quem me chamou foi o menino-índio menor, o do meu tamanho, que agora estava com o boné e bem mais simpático. Parecia que eles estavam se preparando pra sair dali. Minha roupa estava limpa e pendurada em uma das vigas. Estava úmida, mas eu vesti assim mesmo. Eu tinha um pouco de vergonha de ficar só de cueca na frente da família. Tá certo que eles estavam praticamente pelados. Mas eu não estava acostumado. A mãe-índia me deu mais uma caneca do chá amargo e forte. Depois, ela me entregou uma tigela pequena, com um tipo de sopa amarelada e de caldo grosso. Experimentei. Não tinha muito sabor. Não dava pra saber direito se era doce ou salgada. Mas, com a fome que eu estava, foi uma delícia. Devolvi a tigela e ela me entregou um mamão, que estava muito doce e gostoso. Eles já tinham juntado todas as coisas, as redes e tudo o mais e, pelo visto, estavam prontos pra ir embora. Os três bichos que eu tinha visto dormindo, de noite, não eram cachorros, se bem que, acordados, eles se sentavam como cachorros. Eles eram bem maiores, tinham a cara meio arredondada e uma cor meio misturada entre o marrom-claro e o amarelo-escuro. Não tinham rabo e as orelhas eram bem pequenas. O menor, que parecia ser filhote dos outros dois, ficou o tempo todo roendo uma das vigas que seguravam o teto da cabana. Eu nunca tinha visto aquele tipo de bicho. O macaco estava muito mais agitado do que de noite e ficava subindo e descendo no corpo e nos cabelos das meninas-índias. Os dois periquitos se penduraram no ombro do menino-índio mais velho e a coruja voou para o ombro da mãe-índia. Cada pessoa da família pegou um embrulho de rede e uma cesta de barbante, onde a mãe-índia tinha guardado as tigelas e as outras coisas.

Ficaram uma cesta e uma rede no chão, exatamente a rede em que eu tinha dormido. E todo mundo olhou pra mim: o índio-velho, o pai, a mãe, os dois meninos, as duas meninas, o nenê que estava amarrado nas costas da mãe, os três bichos que eu não sabia o nome, o macaco, a coruja e os dois periquitos.

Eu dei aquela risadinha, meio sem graça, de quem sabe que todo mundo vai passear mas que ainda não foi convidado. O menino-índio do meu tamanho disse...

– Tutu.

E apontou pra rede e pra cesta no chão. Era pra eu pegar. Eu peguei. Senti a cesta um pouco pesada. Ela estava cheia de mandiocas com folhas e sujas de terra.

E lá fomos nós, por uma trilha. No caminho, passamos por uma plantação de mandiocas. Sei que eram mandiocas porque as folhas eram iguais às que estavam na minha cesta.

Chegamos perto de um rio não muito largo. Tinha uma canoa na margem do rio. Ela era feita de um tronco de árvore, de mais ou menos três metros de comprimento por um de largura. Ao lado da canoa, um jacaré enorme, com uma boca enorme e com olhos muito grandes e arregalados. Ninguém deu muita bola pra ele.

A canoa ficou mais cheia do que o carro do meu pai, quando a gente ia pro sítio passar o Carnaval. O pai-índio começou a remar, rio abaixo, com o jacaré seguindo a gente, sabe-se lá pra onde.

PRESO NA TRIBO

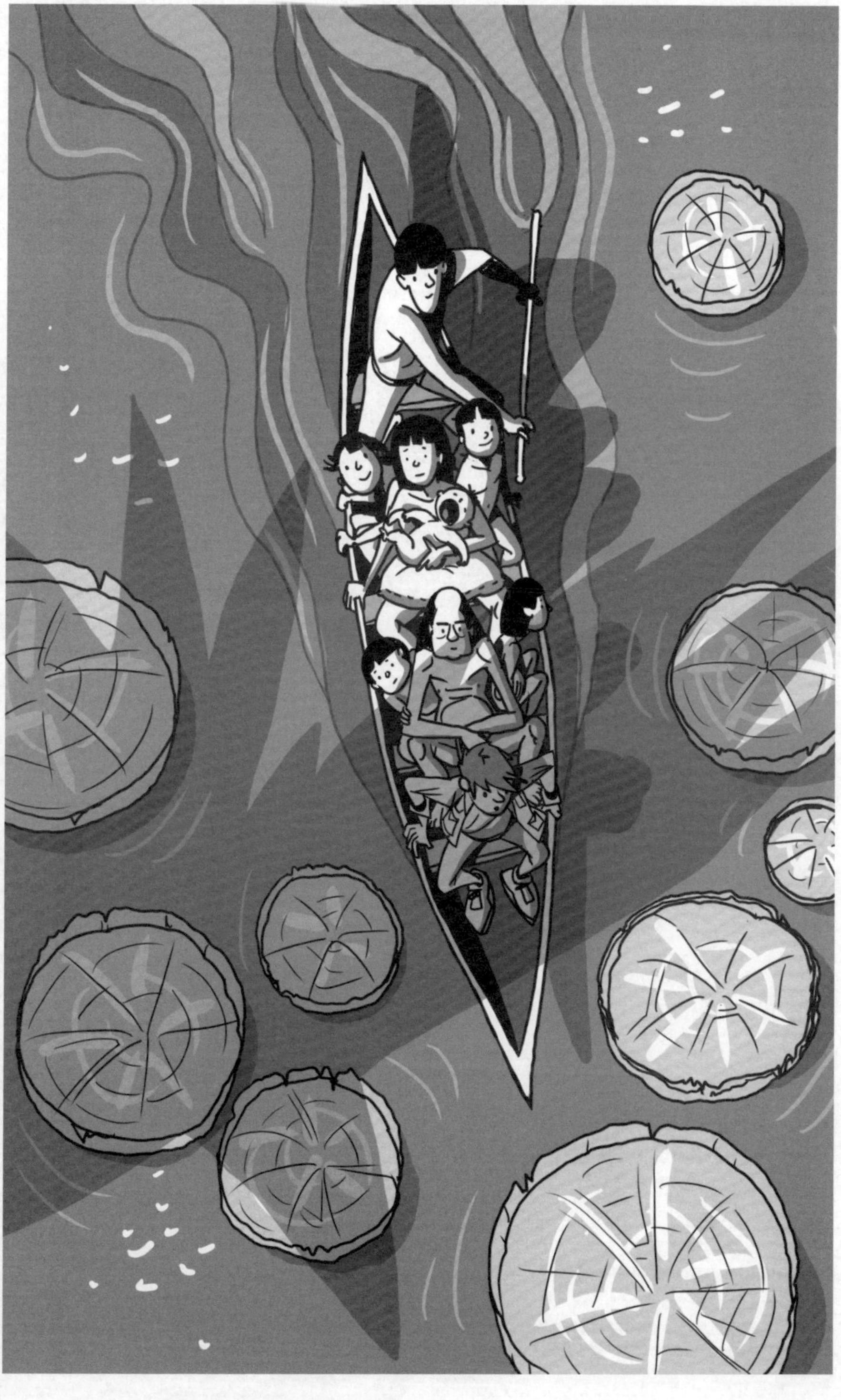

Índio não gosta de muito papo. A família viajou quieta o tempo todo. Se fosse lá em casa, minha mãe ia aproveitar o meu pai concentrado em dirigir pra tentar convencer ele a pagar a reforma do sofá da sala. Meu pai, que mesmo concentrado em dirigir é muito esperto, ia desconversar, perguntando por que é que a conta do cartão de crédito tinha vindo tão alta. Mas quando uma família índia está viajando não tem nada disso. Eles só viajam. Quietos. Prestando a maior atenção. Curtindo tudo. Cada barulho. O ritmo da água e tudo o mais.

O jacaré ia atrás da gente. Só eu, de vez em quando, dava umas espiadas nele. Depois de um tempo, saquei que ele devia ser da família, como os outros bichos. No começo da viagem, as margens do rio estavam forradas daquelas plantas de folhas redondas, as vitórias-régias. Eu nunca tinha visto uma de perto. São muito bonitas. Muitas delas eram grandes. Bem maiores do que as rodas dos maiores tratores que eu já tinha visto na minha vida. E olha que eu já tinha visto muitos tratores. Meu avô, pai do meu pai, fabrica tratores.

Algumas das vitórias-régias tinham flores brancas e amarelas muito legais. As duas meninas, enquanto brincavam com o macaco, começaram a cantar uma música animada, só que bem baixinho e na língua delas. Era bonito pra burro ouvir aquele som afinado e bem fino no meio daquela paisagem toda. Beirando o rio tinha um monte de árvores. Muito grandes. Alguns galhos chegavam até a água. Dava pra ver um monte de aves aquáticas nos galhos, na beira do rio. De vez em quando, as aves piavam. Outras vezes, cantavam. Aves de tudo quanto é cor: branca, preta, cinza, vermelha, cor de laranja, azul. Quase todas as aves que ficavam na beira da água tinham o bico e as pernas finas e compridas. Elas pescavam muito rápido. Primeiro, prestavam atenção na água. Depois, quando encontravam alguma coisa, em menos de meio segundo davam um tipo de bote supersimples: colocavam o bico dentro da água e, quando tiravam, quase sempre vinha com um peixe se debatendo. Deve ser por isso que elas têm o bico tão fino, funciona como vara de pescar.

    Quanta coisa bacana pra ver na Amazônia! E eu, tendo que fazer tudo tão rápido, escapando, tentando sobreviver. Se eu tivesse ido pro Jungle Dream Hotel, teria curtido muito mais essas coisas legais da natureza. Mas infelizmente não era o que tinha acontecido.

    Será infelizmente mesmo? Eu estava curtindo muito tudo o que estava acontecendo comigo. Principalmente porque as dores estavam passando e eu

tinha praticamente sido adotado pela família de índios.
O sol estava muito forte. E, como eu tinha dado meu boné pro menino-índio, tirei minha jaqueta e amarrei ela na cabeça pra me proteger do sol. A família achou meio engraçado o que eu tinha feito. Esbarrei no sensor. Me lembrei da Doutora Nova. E fiquei um pouco menos feliz. Será que ela estava me seguindo?
Logo eu ia saber: os bichos que estavam na canoa ficaram meio nervosos, de repente. Os periquitos começaram a piar. O macaco a pular, a correr e a fazer barulho. A coruja, que estava dormindo, arregalou os olhos. E os três bichos, que eu não sei o nome, ficaram com o pelo arrepiado.
A família toda olhou para os bichos, tentando entender que sinal eles estavam dando. As meninas-índias pararam de cantar... e logo ela apareceu. Voando devagar, com um movimento muito bonito, mas com uma cara terrível. A harpia da Doutora Nova começou a acompanhar a canoa, voando a uma altura de uns dez metros mais ou menos. A sombra dela cobria quase a canoa inteira. E o pai-índio ia remando no mesmo ritmo, mas com uma cara de quem estava preocupado. Ele pensou alguma coisa e me olhou. Todo mundo me olhou do mesmo jeito. Até os bichos.
Pelo olhar, parecia que eles estavam pondo a culpa em mim. Saquei que eles conheciam a harpia, que deviam conhecer a Doutora Nova e saber da história toda.

Saímos do rio estreito para um outro, mais largo e mais rápido. Com os mesmos tipos de árvores em volta, mas com menos aves por perto. Vi uns macacos em um galho. Deviam ser parentes do barrigudo. Por falar em barrigudo, e ele? Será que ele estava por ali? Acho que não; se tivesse me reconhecido, teria feito algum tipo de escândalo. O meu amigo macaco era muito barulhento! Mas os outros barrigudos fizeram barulho. E o macaco das meninas-índias respondeu. E ficou só nisso. Mas a harpia continuava seguindo a gente. Olhei no relógio. Quatro e meia. Já? A gente estava viajando desde cedo.

A Amazônia não tem fim, é? Tem. Nós chegamos a um tipo de praia de areia escura. O pai-índio estacionou a canoa ao lado de um monte de outras canoas iguais. O jacaré continuou pelo rio. Descarregamos e entramos por uma trilha. Depois de andar um tempão, do alto de um morro avistei uma tribo. Umas vinte cabanas. Meio retangulares e formando um grande círculo, em uma clareira.

Enquanto nós descemos até lá, vi muitas bananeiras, alguns pés de mamão e daquelas outras frutas que eu não sei o nome. O pai-índio parou em uma bananeira, pegou um cacho de bananas e continuamos descendo. Estava chegando a hora de saber o que eles iam fazer comigo. Era só esperar mais um pouquinho pra descobrir.

Devia ter umas cem pessoas na tribo. Vinte mais ou menos da minha idade. Mais meninos do que meninas. Os adultos vestiam tangas. Os menores estavam nus. Todos pintados como a família que estava me levando. E com dentes grandes pendurados no pescoço. É claro que todo mundo ficou curioso comigo. Os meninos vieram encontrar a gente no caminho. Todos diziam "*Tutu*" quando se encontravam. Ninguém falava comigo. Só me olhavam, curiosos. Um menino tentou tirar o boné da cabeça do menino-índio maior, que agora estava usando ele. Levou o maior empurrão. Outro menino tirou a jaqueta que estava amarrada na minha cabeça. Eu deixei, pra ver no que ia dar. Ele amarrou na cabeça dele e saiu correndo e rindo, com alguns dos outros meninos-índios.

Apareceram também alguns macacos pequenos e outros bichos legais que foram acompanhando a gente. Fiquei curioso com esses bichos. Pena eu não saber o nome deles. A gente conhece muito mais os bichos de outros países. Nada contra eles, mas os bichos brasileiros são tão legais quanto o leão, a girafa, a foca e os outros. Se os nossos bichos fossem um pouquinho mais famosos, agora eu saberia o nome deles!

Aí, nós chegamos ao meio das cabanas. E eu fiquei na minha, observando tudo pra ver o que ia sobrar pra mim. Passamos por algumas índias, que estavam sentadas no chão ralando mandioca. Elas só olharam, mas não me deram muita importância. Tinha um outro grupo de índios afiando os facões em pedras. Também olharam. Mas não disseram nada. E nós chegamos à casa do pai-índio. De palha. Quatro paredes sem janela. Uma cortina de pano na porta. Entramos. Era um pouco menor do que o laboratório do Professor Velho. Eles começaram a descarregar as coisas. Os meninos-índios me olharam, deram uma risada e falaram alguma coisa. Claro que eu não entendi. Eles riram. E repetiram o que tinham dito. Fiz cara de bobo. Alguém, saindo do escuro, me entregou um celular com a tela aberta em um bloco de notas, onde estava escrito...

> ELES ESTÃO TE CONVIDANDO PRA TOMAR BANHO DE RIO. ACEITE.

Levei o maior susto. Quem tinha escrito tantas palavras? E no meu idioma? Olhei pro cara. Ele era bem velho. Cabelo todo branco. Óculos fundo de garrafa. Calça *jeans*, camiseta e um par de botas. Era um japonês. O mesmo das fotos com o Professor Velho, só que mais velho do que nas fotos, óbvio. Ele fez sinal pra eu não dizer nada e escreveu mais uma frase...

A DOUTORA NOVA COLOCOU EM VOCÊ ALGUM SENSOR, DAN?

O cara sabia o meu nome e tudo. Eu respondi...

— Colocou, mas está na jaqueta que um menino-índio pegou. Pode falar.

— Agora, não. Os meninos estão esperando você. Vá brincar com eles. E na volta nós conversamos. Não diga nada. Não faça nada que possa parecer que você está armando alguma. A Doutora Nova tem câmeras espalhadas por toda parte... principalmente aqui, na tribo dos Tutu. Eu preciso tirar você daqui.

— E me levar pra onde?

— De volta pra sua casa. Sua família está muito preocupada.

— E quem me garante que eu posso confiar no senhor?

O velho japonês deu uma risadinha irônica!

— Não estou pedindo pra você confiar.

Pensei um pouco...

— Meu bisavô sabe que eu estou aqui?

— Sabe.

– Você trabalha com ele?

O velho japonês não respondeu. E eu continuei...

– Eu quero me encontrar com meu bisavô.

– Mas ele não quer se encontrar com você.

Fiquei bravo!

– É por causa dele que eu estou nessa fria.

– É por causa do filho dele, seu avô, está lembrado?

Tive que ficar quieto. E o japonês...

– Eu não tenho nada com os problemas da sua família. Minha obrigação é pôr você no caminho de volta para sua casa. E é o que eu vou fazer. Agora vá brincar, Dan. Deixe o resto comigo.

E lá fui eu, com os outros dois meninos, em direção a um outro rio, que ficava bem mais perto da tribo. Um rio calmo. Limpo. Com algumas pedras que formavam cachoeiras. Agora, era o menino-índio do meu tamanho quem estava com o boné. Ele tirou o boné, colocou no chão e me encarou. O menino maior também me encarou.

Parecia que eles estavam esperando que eu tirasse a roupa. E eu tirei a camiseta, a calça, o tênis e as meias. Fiquei só de cueca. Eles continuaram olhando, como se faltasse alguma coisa. Fiquei com um pouco de vergonha, mas tirei a cueca também. Fiquei peladão. Como os meninos estavam.

A vergonha logo passou e nós caímos na água. Fresquinha. Os meninos-índios gostavam de subir em um barranco e pular dentro da água. Um barranco mais ou menos da altura de uma parede de quatro metros. De cara,

tive um pouco de medo de pular. Na terceira vez que os meninos subiram, eles sentaram no barranco e ficaram me esperando. Tive que subir. Subi. Eles pularam. Tive que pular também. E pulei. E foi muito legal.
Na quinta vez que eu pulei, já estava totalmente sem medo. Me sentindo dono do pedaço. Pulava do barranco. Mergulhava. Nadava. Muito legal. E em silêncio. Só dando umas risadinhas de vez em quando.
Alguém jogou uma banana na água, perto de mim. Olhei na direcão de onde ela tinha vindo. E quem estava lá, na beira do rio, com o meu boné na cabeça, batendo palmas e me mostrando os dentes? Ele mesmo...
– Fala, barrigudo!
Os meninos acharam um pouco estranho eu gritar. E eu fiquei quieto. Como é que o macaco-barrigudo tinha me achado? Não faço a menor ideia, mas ele estava lá. Brincamos mais um pouco na água. Começou a anoitecer. Vesti só a camiseta e a cueca. E voltamos pra tribo. Eu, os meninos e o barrigudo. Parecia que eles não se incomodavam com a presença do meu amigo macaco. Levei a calça, o tênis e as meias na mão. Quase cortei meu pé em um toco no caminho. Até me arrependi de não ter colocado o tênis.
    Quando chegamos à tribo, tinha uma fogueira grande armada no meio daquele espaço entre as casas e algumas pessoas por perto. Tinha mais movimento do que na hora em que nós chegamos. Tinha mais gente também. Parecia que ia ter alguma festa. Oba! Entrei na casa

com os meus amigos. O barrigudo ficou de fora. Não vi o japonês. Estava o maior cheiro bom de peixe assado.
   Olhei pra fogueira e a mãe-índia estava lá, preparando um jantar que tinha também mandioca assada e uma panela, com aquele tipo de sopa que eu tinha tomado no café da manhã.
   O pai-índio disse alguma coisa pro menino mais velho. Vi a minha jaqueta em uma das redes. Fui até o bolso e o sensor estava lá, com a luzinha vermelha acesa. Voltou aquele clima de perigo de novo. Que chato! Tinha curtido tanto a farra no rio.
   Quando eu ia me vestir, o menino-índio mais velho fez sinal que não. E fez um outro sinal, pra eu tirar o que já tinha vestido. E eu tirei. O menino mais novo apareceu com uma tigela, cheia de uma tinta vermelha, da mesma cor das pintas que eles tinham no corpo. E os dois começaram a me pintar. As costas das mãos. O peito. As coxas. O queixo, a testa e as bochechas. Tudo foi ficando cheio de pintas vermelhas. No meio da tinta, eu sentia que tinha alguns pedaços de sementes. A tinta devia ser feita de sementes.
   Pena não ter espelhos pra eu me ver por inteiro. Tá certo que eu era um pouco mais claro do que os outros meninos. Mas, fora isso, não tinha muita diferença entre a gente. Pelo menos por um segundo eu me senti índio de verdade! E foi muito bom. Era como se de repente eu não fosse só um menino. Eu também era um pouco jacaré. Jaguatirica. Aranha. Formiga. Passarinho. Macaco. Planta. Pedra. Chuva. Rio. Barranco... Foi meio louco,

mas eu me senti tudo isso ao mesmo tempo. E me deu até certa vontade de nunca mais sair dali. O jantar estava ótimo. Repeti três vezes. Um dos meus amigos índios, o do meu tamanho, vestiu o boné. E eu saí com a família para o grande quintal.

Em volta da fogueira já tinha um monte de gente. Eles não se falavam muito. Mas iam se organizando, sentando em volta da fogueira. Tinha um caldeirão grande, com um monte de canecas em volta.

Achei que aquilo seria a bebida da festa. Três índios jovens chegaram com três tambores. Grandes. Um pouco parecidos com tambores de escola de samba, só que eram de barro. Ficaram em um lugar mais ou menos central. Apareceram mais dois índios jovens com pedaços de osso do tamanho de um braço. Ossos cheios de furos que eu logo percebi que eram flautas.

Quando eu estava tentando contar de longe quantos furos tinha cada flauta, foi que eu vi os olhos da harpia da Doutora Nova. Ela tinha me achado. E estava pousada em uma árvore um pouco alta. As garras presas no galho. E não tirava os olhos de mim.

Dava pra ver a fogueira refletida nos olhos dela. No brilho dos olhos da harpia, eu vi também o reflexo da lua, que, agora sim, estava cheia. E senti aquele friozinho que dá na barriga da gente quando o perigo está por perto.

O RITUAL DA ONÇA-PINTADA

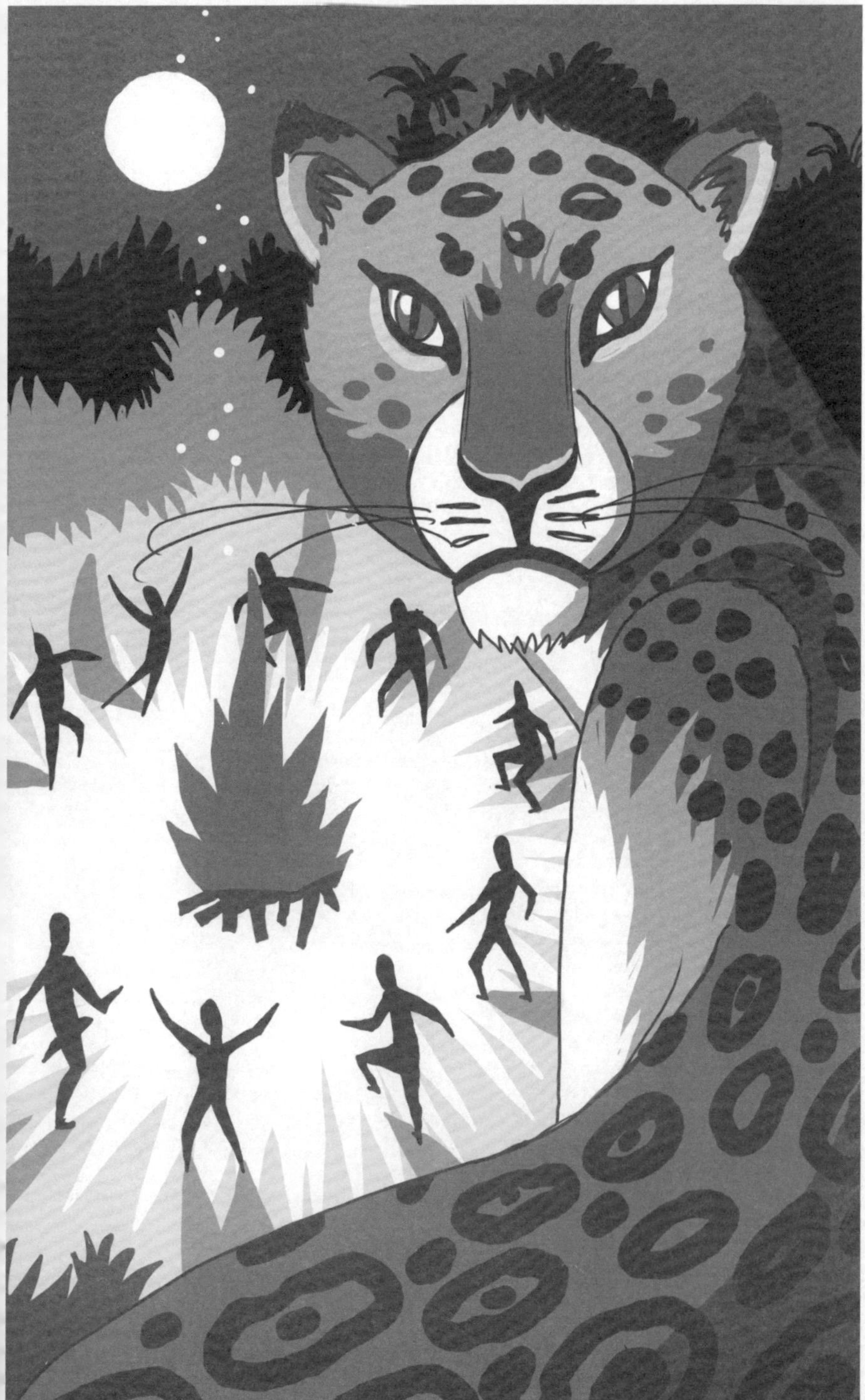

Todo mundo fez silêncio pra receber um homem, não muito velho, que chegou. Era o chefe da tribo. Assim que ele se sentou, os índios começaram a tocar os tambores. A batida do tambor era bem forte. Algumas índias foram servindo as canecas e entregando aos índios adultos e às outras índias. Os flautistas começaram a tocar. Uma mulher-índia bem nova saiu de uma das casas com um nenê-índio no colo. O nenê-índio estava chorando e tinha os olhos tapados por um pedaço de pele de onça. Uma índia mais velha saiu da mesma cabana segurando um pedaço de pele de onça mais ou menos do tamanho de um tapete de banheiro. E a batucada correndo solta. E os índios e índias bebendo o líquido das canecas. E nós, os garotos e garotas, só olhando.

A índia mais velha forrou um lugar perto da fogueira com a pele de onça. A índia mais nova colocou o nenê--índio em cima da pele de onça e foi se sentar com a índia mais velha, perto do chefe da tribo. E ele começou a fazer um discurso lá na língua dos Tutu. Um discurso parecido com uma oração.

Todos prestavam a maior atenção e, de vez em quando, balançavam a cabeça, como se concordassem com o que estava dizendo. Não entendi nenhuma sílaba do que o chefe falou. Só se ouvia a voz dele, os sons dos tambores, das flautas e o choro do nenê-índio.

De repente, o chefe parou de falar e os garotos e garotas se levantaram e começaram a cantar e a dançar. Um dos meus amigos-índios, o do meu tamanho, me olhou e sorriu. Entrei na dança. Animal aquele jeito de dançar! Eu estava ligado nos movimentos dos meus amigos, pra não errar o passo. Nós fizemos um círculo em volta da fogueira. E, às vezes, dávamos um salto, parávamos e tínhamos que fazer aquele barulho que a aerogata e a jaguatirica tinham feito quando me viram. E tínhamos que dizer...

– *Tutu, tutu, tutu...*

Foi a única hora que eu pude dizer "*tutu*" sem ninguém me dar bronca. Fiquei animado com a dança. Tão animado que nem dá pra dizer agora de onde veio, mas ela apareceu. Uma bela onça-pintada. Que foi chegando de mansinho perto da fogueira. O triplo do tamanho da jaguatirica que eu tinha encontrado. Deu medo, mas pouco. Os garotos e garotas continuaram dançando, como se nada estivesse acontecendo. E eu também. E a gatona de pintas lá. Só circulando. Olhando tudo com os olhos que brilhavam mais do que a fogueira. E ninguém demonstrava o menor medo dela. Pelo menos era o que parecia.

Às vezes, ela passava perto de um de nós, esbarrando o pelo quente nas nossas canelas. Na primeira vez, me deu medo. Fiquei até arrepiado. Mas, lá pela terceira vez, já estava até gostando do carinho da gatona. As manchas de tinta vermelha, no nosso corpo, lembravam um pouco as pintas da onça.

Devia ter alguma coisa a ver. Será que os Tutu eram amigos das onças? Era o que parecia. Pelo menos, eles tinham alguma coisa a ver com ela.

Depois de se acostumar com a luz e com todo mundo, a onça foi chegando mais perto da fogueira e encarou o nenê deitado no chão. Eu gelei. Será que ela ia comer ele? Será que os Tutu ofereciam as crianças para as onças, como um tipo de sacrifício? Se era assim, eles não eram tão legais como eu tinha pensado, e eu não estava em um lugar tão bacana como eu tinha pensado. E muito menos seguro!

Logo eu ia saber: a onça chegou perto do nenê-índio e deu uma bela cheirada nele. Mais ou menos como o porcão peludo tinha feito comigo. E o nenê-índio foi se acalmando. E a onça foi dobrando as patas. E se abaixando perto do nenê. O som dos tambores foi diminuindo. Os garotos e garotas foram parando de cantar e de dançar... e eu também. Logo, nós estávamos todos sentados no chão, em volta da onça, junto com os índios adultos, no maior silêncio. Só olhando a onça cheirar o nenê-índio.

Depois de um tempo, quando parecia que a onça já estava cansada de farejar o nenê-índio, ela se levantou. Todo mundo se levantou também. Ela deu umas voltas em torno do menino. Abriu uma boca maior do que um capô de carro e foi chegando perto da cabeça dele. "Chiii! Coitado do menino", eu pensei. "Virou jantar de onça."

Mas eu estava enganado. Com a maior delicadeza, a onça chegou bem perto do menino e, com a boca, tirou a venda dos olhos dele. Depois, fez aquele barulho que sai da garganta, que nós estávamos fazendo antes de ela chegar, e foi embora, entrando no mato.

É isso mesmo. A onça só tirou a venda dos olhos do nenê-índio e deu no pé. É claro que eu não entendi muito. Também, nem deu tempo. Assim que a onça sumiu, a índia jovem, que tinha trazido o nenê-índio, pegou ele de novo e entrou na cabana de onde eles tinham saído. Os índios voltaram a tocar os tambores. E todos, pequenos, médios e grandes, caíram na maior farra.

Dançando os mesmos passos que nós, os médios, e cantando "*Tutu, tutu, tutu...*" de vários jeitos diferentes. Os adultos continuaram bebendo enquanto dançavam.

De vez em quando eu dava uma espiada na harpia da Doutora Nova. Ela não mexia uma pena. Nem tirava os olhos de mim. Agora, além da harpia, as assistentes da Doutora Nova também estavam por ali, camufladas no mato, como fazem os bichos que não querem ser vistos. Esperando alguma coisa que eu não sabia o que era. A Doutora Nova também devia estar lá, claro, mas eu não conseguia vê-la.

E o "japa", amigo do meu bisa? Ele tinha sumido e me deixado ali. As horas foram passando. A lua foi descendo no céu. A bebida acabou. E a força dos mais velhos, também. De vez em quando, os índios que estavam tocando tambor ficavam cansados e eram substituídos por outros.

Os índios são mesmo muito legais. Além de tudo que eu já tinha visto de bacana, descobri também que com os caras não tem muita frescura. Por exemplo, se estão dançando há um tempão e ficam cansados, com sono ou coisa parecida, eles soltam o corpo numa boa e deitam no chão mesmo, caindo no sono em menos de um segundo. Durante a dança, isso aconteceu um monte de vezes. Os pequenos, médios e grandes que se cansavam se deitavam no chão e também caíam no sono com a maior cara de felicidade.

No caso dos adultos, pode ser que a bebida deles fosse alcoólica, mas me parecia que ninguém estava bêbado. Eles estavam muito felizes de estarem dançando e cantando. E eu também estava.

Mas, no meu caso, a alegria durou pouco. O céu estava bem escuro. A lua já tinha se escondido e ainda não tinha começado a amanhecer. Foi exatamente nessa hora que o chefe da tribo fechou a cara, foi até os índios que estavam tocando tambor e fez um sinal meio violento para eles pararem de tocar. E eles pararam, com cara de assustados.

Alguns dos que estavam deitados arregalaram os olhos, pra ver por que o chefe tinha acabado com a festa. Quase toda a tribo acordou com a gritaria do chefe. Ele estava muito bravo. Falava alto e fazia gestos muito rápidos e violentos. E falava e gesticulava pra mim, o que é pior.

O cara parou na minha frente e ficou uma meia hora me dando a maior bronca. Eu não entendi uma palavra. Mas pelos gestos e pelo tom da voz do chefe da tribo eu percebia que ele estava muito bravo. Parecia que eu tinha feito alguma coisa muito grave. Que eu estava fazendo mal a eles, sei lá.

Enquanto o chefe ia falando, todo mundo foi se afastando de mim. Olhei para onde estava a harpia e vi a Doutora Nova, camuflada, parada ao lado da árvore. Pela expressão, ela estava entendendo o que o chefe dizia. E estava gostando muito do que entendia!

O chefe começou a fazer uns gestos, apontando pro lado de onde eu tinha chegado, pro lado do rio, como se estivesse me expulsando da aldeia. Como se estivesse, não, ele estava me expulsando mesmo!

Ele percebeu que eu não estava entendendo quase nada, chegou perto do meu amigo índio, o do meu tamanho, e deu uma bronca nele também. O cara na hora fechou a cara, tirou o meu boné, chegou perto de mim, colocou o boné na minha cabeça e fez um gesto pra eu acompanhar ele.

E lá fui eu, atrás do meu amigo-índio, quer dizer, meu ex-amigo-índio, pra dentro da cabana onde ele morava. Na certa, o chefe tinha dito pra ele que era pra eu pegar a minha roupa e sumir.

No caminho da cabana fui pensando várias coisas: o japonês era inimigo. Ele estava armando alguma coisa com a Doutora Nova. É. Eu ia cair de novo nas garras da Doutora Nova. E, dessa vez, ela não ia me deixar escapar. Óbvio, eu não tinha conseguido atrair meu bisavô. Pra ela, eu não tinha mais valor nenhum.

Um pouco antes de eu entrar na cabana, encontrei o macaco-barrigudo. Ele estava bastante agitado e fazia muitos barulhos. Barulhos de quem estava morrendo de medo. O sinal do meu amigo macaco me deixou com mais medo ainda.

Eu e o menino-índio entramos bem rápido na cabana. Parecia que eu não tinha muito tempo.

Nem tirei as pintas do corpo. Saí da cabana de boné, jaqueta, calça, tênis e com o rosto todo pintado. O barrigudo olhou pra gente com uma cara muito estranha.

E fez um som muito confuso. E alto. Devia ser um tipo de "tchau!".

Nem tive coragem de olhar pra ele pra me despedir. A tribo toda estava esperando a gente. O chefe disse alguma coisa ao menino-índio que estava comigo. Ele me olhou, fez um sinal e saiu andando, pela mesma trilha por onde nós tínhamos chegado. Era pra eu ir atrás dele. E eu fui.

Ouvi alguns passos um pouco atrás da gente. Óbvio que eu não olhei pra trás. E é óbvio também que era a Doutora Nova e sua gangue. Quando avistamos a praia de areia escura, além das canoas dos índios, eu vi outro barco, um pouco afastado. Um barco maior, a motor.

Antes de descer o último barranco pra chegar à praia, o meu ex-amigo-índio parou. Me apontou a canoa da família dele e fez sinal pra eu seguir sozinho.

E lá fui eu. Barranco abaixo. Sem olhar pra trás. Sendo seguido pela Doutora Nova.

Entrei na canoa. Estava começando a amanhecer. Olhei pra trás. Vi a Doutora Nova e sua gangue entrarem no barco delas. Peguei os remos e olhei pro barranco. O meu ex-amigo-índio fez um último sinal e disparou, correndo pelo mato, por um caminho diferente de onde nós tínhamos vindo. Devia ser algum atalho, pra voltar mais rápido.

Comecei a remar rio abaixo. Quando já estava um pouco afastado da praia, ouvi o barulho do motor do barco da Doutora Nova. Que vinha atrás da canoa da família do meu ex-amigo-índio, onde eu estava.

O FANTÁSTICO PROFESSOR VELHO

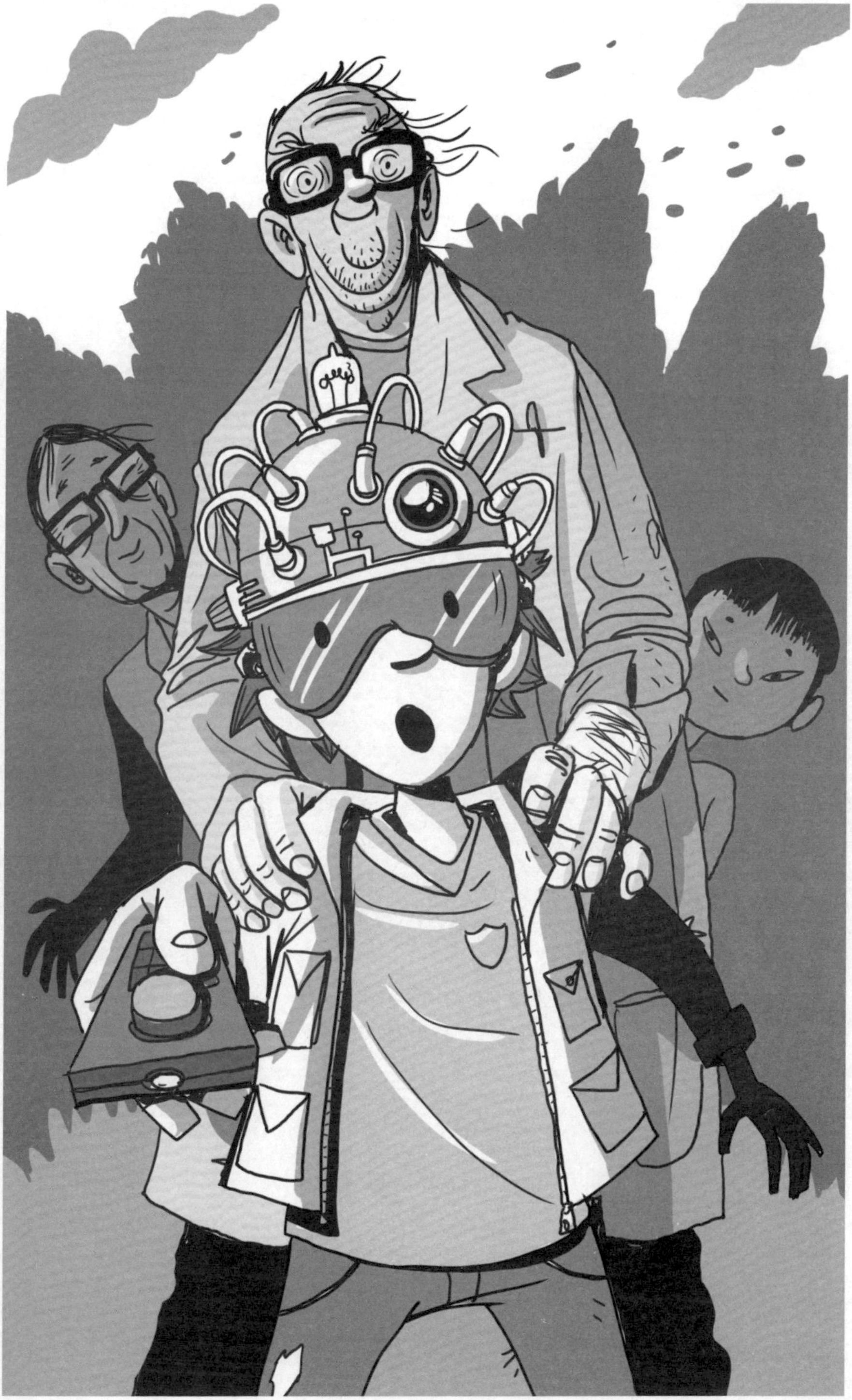

Só que quem estava na canoa não era eu. Foi tudo um plano. Meu amigo-índio, vestido de Dan, embarcou no meu lugar pra despistar, pelo menos por um tempo, a Doutora Nova e sua gangue, enquanto eu corria até onde o japonês amigo do meu bisavô, estava me esperando.

Naquela hora em que eu entrei na cabana pra me trocar, o japonês estava lá e digitou no celular todo o plano, pra Doutora Nova não ouvir. Alguns índios Tutu iam esperar o meu amigo-índio que embarcou no meu lugar. Eles iam ficar a uns dez minutos da praia e, lá, iam pegar de volta o tutu-menino e tentar segurar um pouco a Doutora Nova.

O japonês me explicou que a Doutora Nova tinha um pouco de respeito pelos Tutu – e muito medo! –, porque, apesar da alta tecnologia que ela tinha, os Tutu é que eram amigos das onças. E eles também eram daquele tipo de tribo que não gostava de papo com brancos.

Fiz tudo direitinho: me passei por Tutu e corri pelo mato, pra encontrar com o japonês, que estava me esperando um pouco depois da tribo.

Quem me levou até ele foi o meu outro amigo Tutu, irmão do que tinha embarcado no meu lugar.

Eu e o Tutu, vestidos de índios, o que no caso quer dizer pelados, corremos um tempão, até chegar à margem de um rio, onde o japonês me aguardava, ao lado de um hidroavião, pra me levar de volta para Manaus, onde eu ia me encontrar com a minha família. O piloto já tinha até ligado o motor quando eu disse...
– Eu só saio daqui depois de ver o meu bisavô.

É óbvio que eu não ia sair da floresta antes de encontrar o meu bisa e de ele responder ao batalhão de perguntas que eu tinha pra fazer.

O japonês disse...
– Você não tem esse direito.
– Ah, é? E o senhor pode me dizer por quê?

Quem falou antes do japonês foi a Doutora Nova, que não é boba nem nada e, logo que sacou que quem tinha embarcado não era eu, colocou a harpia pra me seguir. Ela chegou, acompanhada por duas das belas morenas, e disse...

– Dan, fica comigo na floresta. Nós podemos ficar ricos.

Oba! Era uma boa forma de provocar o japonês. Arregalei os olhos e...

– Ricos? Com o quê?
– Com o nióbio.
– Mas, afinal, o que é esse tal de nióbio?
– É o metal do futuro.
– Metal do futuro?
– O seu bisavô descobriu uma jazida de nióbio e abandonou a pesquisa com os insetos, pra se tornar um milionário. Só que nós tínhamos um trato e ele...

Bem no "ele", apareceu do nosso lado um outro velho. Quer dizer, o Professor Velho, meu bisavô, com um avental branco, igual a um professor antigo, calçando botas, usando um par de óculos fundo de garrafa e com um capacete muito curioso e um pouco parecido com um boné, só que de plástico duro, igual ao que os engenheiros usam em construções.

Mas ainda não chegou a parte engraçada: fazia parte do capacete uma câmera de vídeo minúscula e um par de óculos móveis, com lentes azuis. Na mão direita, meu bisa tinha um controle remoto. Parecia que ele tinha sido interrompido no meio de alguma farra e que não tinha gostado muito disso. Mas foi ele quem cortou a frase da Doutora Nova bem no "ele"...

– Pare de tentar seduzir a cabeça do meu bisneto com as suas ideias mirabolantes, Doutora Nova. Eu não descobri nenhum nióbio. Quem me dera!

Não dá pra descrever o tamanho da minha felicidade ao ver o meu bisa – que eu nem sabia que existia! – e saber que ele ainda estava vivo, bem vivo. Ele chegou perto de mim e me deu uma piscadinha. Bem simpático o meu bisa! A Doutora Nova também ficou muito feliz com a aparição dele, mas...

– Você pensa que vai me enganar, Professor Velho?

Meu bisa chegou perto dela, deu uma pausa no controle remoto e...

– Não foi o nióbio que me fez abandonar o trabalho com os insetos, minha querida, respeitável e linda Doutora Nova.

A Doutora Nova gostou do elogio! Ela cruzou os braços, andou um pouquinho e parou na frente do Professor Velho.
– Ah, não? Então o que foi?
– Você já vai saber...
E o Professor Velho deu um assobio, como se chamasse alguém. Esse alguém ouviu o assobio e resmungou, de trás de uma árvore. O Professor falou...
– Vem cá.
E uma voz de menino, de trás da árvore, meio reclamando, disse...
– Não.
Ouvi o barulho dos dentes batendo novamente. Achei que era impressão minha, mas não. De onde tinha vindo o som, saiu um porcão, parecido com o que tinha me levado até os Tutu.
O cara, que continuava atrás da árvore, disse...
– Volta aqui.
Ele estava falando com o porcão peludão. E eu perguntei...
– Ei, bisa. Foi esse porcão que ajudou os meninos Tutu a me levar para a tribo?
– O nome desse "porcão", Dan, é queixada.
– Queixada?
– É. E foi exatamente ele que ajudou os Tutu a salvar você. Naquela hora você poderia ter morrido.
A voz do menino atrás da árvore entrou na conversa...
– Ele não ia morrer coisa nenhuma.
Era uma voz bem simpática. E eu resolvi falar com ele...

– Por que é que eu não ia morrer?
De lá de trás ele respondeu...
– Eu não ia deixar.
Já que o cara tinha me ajudado, eu queria ver ele!
– Por que você não aparece?
Depois de dizer isso, fui andando até a árvore, de onde saía o som.
– Espera um pouco, Dan.
Meu bisa me parou, colocou o capacete dele na minha cabeça e desceu as lentes azuis dos óculos sobre os meus olhos. É claro que tudo ficou meio azulado.
Aí, meu bisa me entregou o controle remoto e disse...
– Aperta o *play* e pode ir. Você merece!
Eu apertei o *play* e comecei a andar até a árvore. O que eu vi na minha frente foi demais! Tudo ficou com jeito de tela de *videogame* e realidade virtual misturados. As árvores, as plantas e tudo o mais, além de estarem meio azuladas, tinham alguma coisa diferente. Parecia uma fumaça de luz que saía dos troncos e das flores. De cada planta a fumaça de luz tinha um tom de cor diferente. Tinha fumaça verde, amarela, azul, vermelha, cor de abóbora... de tudo quanto é cor.
Mas não era só fumaça. Parecia que tinha alguma coisa voando no meio da fumaça. Várias formas diferentes e muito estranhas. Algumas pareciam pássaros.
Não, agora eu estava vendo melhor. Não eram pássaros. Lembravam uma mistura de gente com bicho e com inseto, só que bem pequenos, flutuando no ar e com cara de quem está se divertindo. Parecia um

outro mundo, dentro da floresta, que só dava pra ver com aqueles óculos.
As formas nem ligaram pra mim. Foi aí que eu levei o maior susto: apareceu na minha frente um cara do meu tamanho. Com o cabelo ruivo, comprido e muito embaraçado. Tão nu quanto eu estava. Ele tinha a pele bem escura. E estava com uma flauta pendurada no ombro. Ele também se assustou ao me ver. E arregalou um pouco mais os olhos. Uns olhos com um brilho vermelho. Muito vermelho. Apesar do meu susto, dei uma risada pro cara. Apesar do susto dele, o cara também riu pra mim. Um sorriso verde. Fiquei arrepiado quando olhei para os pés do cara. Eram virados pra trás. Eu, hein?
Voltei correndo pra onde estava o meu bisa e perguntei...
– Quem é esse cara?
Em vez de me responder, o Professor Velho falou um pouco mais alto com o cara que eu tinha visto atrás da árvore...
– Pode aparecer.
E, um pouco enfezado, o cara foi saindo de trás da árvore. Aí, deu pra eu sacar que não era bem um cara. Era quase um efeito especial de filme. Uma miragem. Uma aparição. Aquela situação não parecia muito real. Mas eu estava adorando passar por aquilo.
– Me devolve o equipamento, Dan.
Meu bisa pediu e eu devolvi. Mas continuei vendo o cara. Eu não precisava daquele equipamento pra ver

o efeito especial. Meu bisa percebeu e ficou contente, mas não disse nada.

A Doutora Nova estava com a maior cara de susto, de quem não estava entendendo nada. O meu bisa e o japonês também não estavam vendo.

Mas o menino-índio, pela cara dele, parecia que também conseguia ver. E mais: parecia que ele estava acostumado a ver aquele efeito especial.

O cara, quer dizer, o efeito especial, um pouco tímido, parou ao lado do queixada, começou a fazer carinho no pelo dele e disse ao meu bisa...

– Pronto, apareci.

A Doutora Nova fez cara de brava e soltou...

– Muito esperto, Professor Velho! Mas eu não sou louca. Aqui não tem ninguém, além de mim, do senhor, desse cientista japonês, do índio Tutu e de seu bisneto. Vamos ao que interessa.

E o meu bisa, feliz da vida, colocou de novo o capacete, apertou o *play*, apontou para o efeito especial e quis saber...

– Quer dizer que a senhora não consegue ver nada aqui?

– É claro que não.

O Professor Velho ficou mais contente ainda. E disse...

– É uma pena! Eu abandonei a pesquisa científica com os insetos desde o dia em que tive contato com os mitos da floresta...

A Doutora Nova fez cara de quem entendia cada vez menos.
— Vamos logo com isso, Professor Velho. Onde é a reserva de nióbio?

E o Professor Velho continuou...
— Essa máquina presa ao meu capacete, inventada pelo querido amigo Doutor Japonês, me colocou em contato com o universo existente paralelamente ao nosso. Essa máquina me permite gravar esse universo paralelo, onde habitam seres como o meu querido amigo aqui presente, Curupira, o defensor da floresta.

A Doutora Nova soltou uma gargalhada.
— O senhor enlouqueceu!
— Pode ser. Mas eu estou muito feliz dentro da minha loucura. E nada, nem os milhões que o nióbio poderia me dar, chega aos pés do prazer de poder conversar, gravar e guardar as histórias do Curupira, da Iara, do Uirapuru, do Saci e dos outros mitos da floresta amazônica.
— E por que o número do nióbio aparece como código atrás das suas fotos?

O meu bisa deu uma risadinha, pensou e disse...
— Por que a senhora está atrás do nióbio, Doutora Nova?
— O senhor sabe muito bem... pelo valor que ele tem. O nióbio será o metal do futuro. A matéria-prima para foguetes e armamentos para as futuras guerras nucleares. E é na Amazônia que estão as maiores jazidas de nióbio do mundo e...

– Pronto! A senhora já respondeu à minha pergunta. A Doutora e sua equipe querem as reservas de nióbio pelo valor que tem esse mineral. É de fato um mineral valioso. Agora, vamos à resposta a sua pergunta: eu usei o código Nb41, o número do nióbio na tabela periódica, justamente pelo valor que lhe é atribuído. A possibilidade de conhecer e documentar os mitos da floresta, para mim, é muito mais valiosa do que a descoberta de todas as minas de nióbio que possam existir na Amazônia.

O belo rosto da Doutora Nova virou uma interrogação. E meu bisa, que gostava de falar, continuou...

– Desde o começo do mundo, Doutora Nova, sabe-se que os mitos são a base da cultura de um povo. São as lendas e os mitos que ajudam a entender e a formar o caráter, a arte, a filosofia e tudo o que vem a ser um povo. Sem cultura, ninguém chega a lugar algum. Para preservar a Amazônia para o futuro, é preciso preservá-la como um todo: seus povos, seus bichos, suas plantas, suas riquezas minerais, seus mitos... Eu resolvi trabalhar com os mitos. E estou podendo fazer isso, graças à invenção do meu grande amigo Doutor Japonês, como eu já disse.

A Doutora Nova fez cara de quem não estava acreditando, mas de quem, mesmo desconfiada, queria ver aonde as coisas iam chegar.

– E quanto o senhor pretende ganhar com isso?
– Quanto?

– É! Descobrir a reserva de nióbio lhe daria uma grande fortuna, mas esses mitos... o que eles podem dar?

O Professor Velho pensou, sorriu, olhou pro Curupira, pra mim, pro Tutu, pro Japonês amigo dele, e falou, olhando com a maior cara de dó para a Doutora Nova, mas ao mesmo tempo com a maior cara de prazer...

– De " material", acho que eles não podem me dar nada.

A Doutora Nova, confusa e enfezada, chegou bem perto do meu bisa, arregalou os olhos em cima dele e...

– O.k., Professor Velho! Eu vou embora. Mas o senhor não me convenceu. Agora que eu o encontrei não vou sair de perto do senhor. Todos os seus passos vão estar registrados pelos meus sensores. E, se eu descobrir que o senhor não está louco, que o senhor está tentando me enganar, eu acabo com o senhor e com os seus mitos.

O meu bisa cruzou os braços, deu um sorriso e respondeu, com a maior cara de tranquilidade...

– É um direito que a senhora tem... mas eu sou obrigado a dizer mais uma coisa, com todo respeito: furiosa, a senhora fica mais bonita ainda, se é que isso é possível!

A Doutora Nova bufou, deu meia-volta e sumiu debaixo de um sol gostoso que já estava aparecendo. Achei que era hora de saber mais algumas coisas. Primeira...

– Quem é a Doutora Nova, bisa?

– Uma grande cientista, pesquisadora de répteis, ou melhor, ex-pesquisadora. Ela se deixou levar pelas tentações do dinheiro fácil e se juntou a um grupo muito forte, perigoso e mal-intencionado que quer explorar os recursos naturais da Amazônia, tendo como único objetivo ganhar dinheiro. Por causa de dinheiro, Dan, ela deixou de pesquisar as cobras e está revirando a floresta para descobrir áreas ricas em minerais, que ainda não tenham sido exploradas. Entre esses minerais está o nióbio.

– Ah! Outra coisa, bisa: você sabe onde tem nióbio aqui na floresta?

Meu bisavô olhou para mim, olhou para o menino-
-índio, me deu uma piscadinha e uma risadinha. Acho que eu entendi o que ele queria dizer, mas não podia, porque os sons de onde nós estávamos deviam estar sendo captados pelos sensores e pela gangue da Doutora Nova.

Aí, o Professor Velho chegou bem perto de mim e segurou nos meus ombros.

– Será que agora o meu corajoso bisneto pode voltar à sua vida?

Fiquei com dó de ir embora. Queria ficar com meu bisa, conhecendo os mitos da floresta e as outras coisas bacanas que ele estava pesquisando. Fiz cara de triste.

– Eu quero ficar aqui com você.

– Não, Dan.

– Por quê?

– Você tem que cuidar dos machucados da sua mão.

– Então, depois, eu posso voltar?

– Não. Agora que a Doutora Nova me achou, as coisas vão ficar mais perigosas.

— Por quê?
— Esquece. E mais: eu preciso de você lá, Dan, na sua casa.

Minha cara, mais uma vez, deve ter ficado parecida com uma interrogação. O Professor Velho tirou do bolso um *pendrive* e me entregou.

— Eu preciso que você faça esse *pendrive* chegar às mãos do meu filho, seu avô. Aqui está o resultado da pesquisa que eu fiz até agora com os mitos da floresta. Certamente, ele poderá transformar isso em alguma coisa.

Aí, meu bisa tirou um envelope de um outro bolso e me entregou.

— Entregue este envelope ao seu pai, Dan. Ele precisa conhecer melhor seu avô, que precisa saber por que ele tem tanto medo de ter um filho lunático, como foi o pai dele, quer dizer, como eu sou.

— Mas, bisa...

— Eu preciso de você lá, Dan, para fazer o meu filho e o seu pai se entenderem e também para dar continuidade ao meu trabalho... Ah! Eu ia me esquecendo...

Meu bisa procurou nos bolsos e achou mais um envelope, um pouco menor do que o outro.

— Este envelope, eu quero que você entregue à minha velha, sua bisavó.

Eu guardei os envelopes, o *pendrive* e fiz cara de menino mimado e um tanto quanto infantil.

— Me deixa ficar.

– Dan, entre logo nesse hidroavião. Essa história tem que acabar.
O Curupira resolveu entrar na conversa...
– Bom, chega! Tchau, Professor Velho. Vou dar uma volta. Depois a gente se fala. Tchau, menino!
O "tchau, menino!" ele disse pra mim. Depois, o cara... quer dizer, o efeito especial... quer dizer, o Curupira... deu um salto pra cima do queixada e sumiu no mato, na maior velocidade, sem nem ouvir o meu tchau.
– Tchau!
Pensei um pouco e acabei concordando com o meu bisa que essa história tinha que acabar. Dei tchau para ele, para o Doutor Japonês e para o meu amigo-índio, que disse...
– Tutu.
Entrei no hidroavião. Era bem parecido com o anfíbio em que eu tinha embarcado em Manaus.
Não demorou muito e o anfíbio entrou em movimento. O meu amigo barrigudo chegou perto do Tutu. Fiz um sinal pra ele. Ele não respondeu, é claro, mas ficou me olhando.
Demorou menos ainda e o meu bisa, o meu amigo Tutu e o meu amigo barrigudo foram ficando pequenos... pequenininhos... até desaparecerem lá embaixo, na floresta amazônica, o lugar mais animal do planeta.

Fim.

Perdido na Amazônia 1 – Dan contra a terrível Doutora Nova é ficção. Qualquer semelhança com fatos reais terá sido por acaso.

AGRADECIMENTOS

Eu gostaria de agradecer a colaboração de...
• Renato Ignácio da Silva (autor do livro *Amazônia, paraíso e inferno*) • Luís da Câmara Cascudo (autor do livro *Dicionário do folclore brasileiro*) • Niomar de Souza Pereira (do Museu de Folclore Rossini Tavares de Lima) • o biólogo Francisco Luís Franco • Álvaro Machado e Denise Mendonça • o biólogo Carlos Campaner (Museu de Zoologia da Universidade de São Paulo) • Rodolpho Von Ihering (autor do livro *Dicionário dos animais do Brasil*) • Eurico Santos (autor do livro *Anfíbios e répteis do Brasil*) • Heloísa Prieto • Ciça Fittipaldi • Marina Kahn.

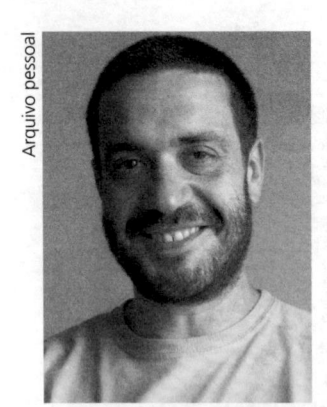

Luciano Tasso nasceu em Ribeirão Preto, interior de São Paulo. Formado pela Escola de Comunicações e Artes, da USP, durante muito tempo trabalhou em agências de publicidade até decidir mergulhar definitivamente no maravilhoso mundo da literatura. Desde então ilustrou muitas obras em parceria com escritores ou de sua própria autoria.

Já publicou pela Global Editora os livros *Fico, o gato do rabo emplumado, Eu, Edo, com medo fedo* de Darcy Ribeiro; *Um rosto no computador*, de Marcos Rey; *Meus romances de cordel*, de Marco Haurélio e *Histórias do país dos avessos*, de Edson Gabriel Garcia.

Emerson Charles

Toni Brandão é um autor multimídia bem-sucedido. Seus livros ultrapassam a marca de dois milhões e meio de exemplares vendidos e discutem de maneira bem-humorada e reflexiva temas próprios aos leitores pré-adolescentes, jovens, e as principais questões do mundo contemporâneo. Seu best-seller *#Cuidado: garoto apaixonado* já vendeu mais de 300 mil exemplares e rendeu ao autor o Prêmio APCA (Associação Paulista de Críticos de Arte).

A editora Hachette lançou para o mundo francófono a coleção adolescente Top School!. No teatro, além do êxito ao trabalhar em seus próprios textos, ele adapta clássicos como *Dom Casmurro* e *O cortiço*. Em breve Toni lançará um novo romance, *Dom Casmurro, o filme!*.

A versão cinematográfica de seu livro *Bagdá, o skatista!* recebeu um importante prêmio da Tribeca Foundation, de Nova York, e foi selecionada para o 70o Festival de Berlim. E outros livros do autor terão os direitos adquiridos para o mercado audiovisual, como o romance *DJ – State of chock*, *#Cuidado: garoto apaixonado*, *O garoto verde* e *2 x 1*.

Toni criou, para a Rede Globo de Televisão, o seriado *Irmãos em ação* (adaptação de seu livro Foi ela que começou, foi ele que começou) e foi um dos principais roteiristas da mais recente versão do *Sítio do Picapau Amarelo*.

Site oficial de Toni Brandão: www.tonibrandao.com.br.

Leia também de Toni Brandão

Os recicláveis!

Os recicláveis! 2.0

O garoto verde

Aquele tombo que eu levei

2 x 1

Caça ao lobisomem

Guerra na casa do João

O casamento da mãe do João

Tudo ao mesmo tempo

#Cuidado: garoto apaixonado

#Cuidado: garotas apaixonadas 1 – Tina

A caverna – Coleção Viagem Sombria

Os lobos – Coleção Viagem Sombria